JN323906

中国ことわざばなし

古《グ》為《ウェイ》今《ジン》用《ヨン》

楊《ヤン》逸《イー》

清流出版

古典を読む

中国のことわざ

中国ことわざばなし　古為今用《グウェイジンヨン》　目次

I

II

III

カバー・本文イラスト　平岡瞳
ブックデザイン　三瓶可南子（⑥Design）
ことわざ書き下し文　瞳みのる
編集協力　草野恵子

I

やみくもに人を真似ることの愚かさ

【邯《ハン》鄲《ダン》学《シェウ》歩《ブ》】

邯《かん》鄲《たん》に歩を学ぶ

【東《ドン》施《シ》効《シォウ》顰《ピン》】

東《とう》施《し》顰《ひそみ》に効《なら》う

【邯《ハン》鄲《ダン》学《シェウ》歩《ブ》】

日本に住み、日常的に日本語で会話する生活が長く続くと、たまに同郷人と中国語で話すと、単語が思い出せなかったり、表現も日本語的になったりしてぎこちなさを覚える。日本語を上手に話せるようになったわけではないにもかかわらず、母国語の方がなまってしまったことが、悔しくてしかたない。

私のように、新しく学んだことが、まだ身についていないというのに、もともとあった能力、あるいは自分自身までを失ってしまうことを、中国語で「邯《ハン》鄲《ダン》学《シェウ》歩《ブ》」という。

この熟語は、春秋戦国時代、燕《えん》国の寿陵《じゅりょう》という地方に暮らす一人の若者の話から生まれた。裕福な家に生まれたこの若者は、容貌も智力も普通並みだったのに、なぜか自分に自信が持てず、日々悩んでいたという。周囲の人たちの生き生きとしている姿を見ると、いつも羨《うらや》ましくて、自分もそうなりたいと考え、よく真似をするのだった。もちろん真似するだけでは、その人のようになれるはずはないのだが……。

ある時たまたま、趙《ちょう》国の邯鄲《かんたん》というところへ行ってきたという同郷の者が若者に、邯鄲人の歩く姿はとても美しいと語った。

——美しく歩くとは、どんな感じなのだろう？　話を聞いた若者は、邯鄲人の美しい歩き方ににわかに興味を持ち、学びたい気持ちにもなった。思いを行動に移すべく、彼はさっそく邯鄲への旅に出た。果たしてその結果は……？

「且《チェ》子《ズ》独《ドウ》不《ブ》聞《ウェ》夫《フ》寿《シェ》陵《リン》余《ユ》子《ズ》之《ツェ》学《シォウ》行《シュン》於《ウ》邯鄲《ハンダン》与《ユ》？　未《ウェ》得《デェ》国《グォ》能《ノン》、又《ユウ》失《シ》其《チ》故《グウ》行《シェン》矣《イ》。直《ジェ》匍《プ》匐《フ》而《アェ》帰《グェ》耳《アェ》。」

——寿陵の若者が邯鄲へ行って歩き方を学んだということを聞いたことはありませんか？　邯鄲人の歩き方を習得できないばかりか、自分のもとの歩き方も忘れて、結局這って家に帰ったのです。

真似ることにせよ、学ぶことにせよ、生半可《なまはんか》な気持ちでやり始めたら、目的のことを習得できないばかりでなく、却《かえ》って本来持っていた良いものまで失ってしまう羽目《はめ》になるかもしれない。リスクというものは、人生のいたるところに潜んでいるのだ。

【東《ドン》施《シ》効《シォウ》顰《ピン》】

生半可な気持ちがだめならば、新しく学びたいことに真剣に、徹底して臨めばよいのでは？　右の教訓を汲《く》み取れば、誰しもそう思うだろう。しかし、一筋縄ではいかないのが、世の常である。右と逆の失敗例も、『荘子《そうじ》』「東《ドン》施《シ》効《シォウ》顰《ピン》」にあった。

「西《シ》施《シ》病《ビン》心《シン》而《アェ》顰《ピン》其《チ》里《リ》、其《チ》里《リ》之《ツェ》丑《チォウ》人《レン》見《ジエン》之《ツェ》而《アェ》美《メイ》之《ツェ》、帰《グェイ》亦《イ》捧《ポン》心《シン》而《アェ》顰《ピン》其《チ》里《リ》。」

中国古代四大美女の一人として知られる春秋時代の越《えつ》国出身の西施《せいし》にまつわ

る話だ。心窩部《しんかぶ》（みぞおち）に痛みをともなう持病をもつ西施は、歩くときもたびたび発病するという。そんなとき、彼女はいつも両手で胸を押さえ、眉間《みけん》に皺を寄せて、つらそうな表情で町を通っていくのだった。

しかし、絶世の美女だけあって、笑うときはもちろん、つらい表情をするときもまた一味違う美しさを放っていたのだろう。同じ町に住む東施《とうし》という醜い女は、西施のそんな仕草を目にして、「ああ、眉をしかめれば美しくなるのだ」と、きっとそんな勘違いをしたに違いない。美しくなりたい一心で、さっそく西施の真似をして、胸に手をあて、眉間に皺を寄せて家に向かって歩き始めたのであった。

さて、町の人たちがそんな東施を見て、どういう反応を見せたのかが、続きの文に書いてある。

「其《チ》里《リ》之《ツェ》富《フー》人《レン》見《ジェン》之《ツェ》、堅《ジェン》閉《ビ》門《モン》而《アェ》不《ブ》出《チュウ》。貧《ピン》人《レン》見《ジェン》之《ツェ》、挈《チェ》妻《チ》子《ズ》而《アェ》去《チェ》之《ツェ》走《ズォ》。彼《ビ》知《チ》顰《ピン》美《メイ》、而《アェ》不《ブ》知《チ》顰《ピン》之《ツェ》所《スォ》以《イ》美《メイ》。」

――つらそうな表情で歩く美しい西施を眺めるのが、もはや日々の楽しみとして期待する町の人々。みんなが首を長くして西施が来るのを待ち望んでいたところに、よりによって西施ではなく、西施の真似をした醜い東施が現れた。

その失望感がいかほどのものかは、言うまでもなかろう。

東施のそのしぐさを目撃して、吐き気を催《もよお》した人が続出し、やがて、東施が来るという噂を聞いただけでも、「富人見之《フーレンジェンツェ》、堅閉門而不出《ジェンビモンアェブチュウ》」――金持ちたちは、頑丈な家のドアを閉めて外に出ないようにして、一方頑丈なドアに守られることができない貧しい人たちは、「挈妻子而去之走《チェチズアェチュツェズォ》」――東施の姿が目に入らないように、妻子の手を引っ張って、慌てて逃げていった。

まるで疫病神《やくびょうがみ》を恐れるようなその描写に、いささか差別的な部分も感じてしまうが、この故事で言おうとしていることは、美醜《びしゅう》の問題というより、むしろやみくもに他人を真似てしまうことの愚かさを説いているのではなかろうか。

東施は生まれたときから、醜かった。しかし、彼女を見て逃げる者はいなかった。みんなが逃げるようになったのは、美しくなりたいばかりに自分には似合わない美女の真似をしたからだ。美しいはずの仕草は、彼女を堪《た》えがたいほど醜くしてしまったのだ。

そのわけは西施の「顰美《ピンメイ》」――眉をしかめるのが美しいこと、を取り違えて解釈して、「顰之所以美《ピンツェスオイメイ》」――西施がする仕草だからこそ、美しい、ということを理解できなかったのだ。

美しいものを見たら真似したくなる。それは誰しも持っている気持ちで、しかも今日でも、その気持ちによって流行が生まれ、経済活動も活発化している。でもそんな中、唯一大切なのは、その真似をすることが自分に合うかどうかを見極めることである。

じっと待ち続けることの不毛

【静《ジン》如《ル》処《チウ》子《ズ》、動《ドン》如《ル》脱《トウ》兎《トー》】

静かなること処子《しょし》の如く、動くこと脱兎《だっと》の如し

【守《シウ》株《ツエ》待《タイ》兎《トー》】

株《くいぜ》を守って兎を待つ

【静《ジン》如《ル》処《チウ》子《ズ》、動《ドン》如《ル》脱《トウ》兎《トー》】

うさぎ年になってから、最初の新聞の朝刊を開くと、沈滞気味の日本経済が活気づくようにと意気込む各紙はコラムに、うさぎのすばしこいイメージにあやかって、「脱兎《だっと》のごとく」やら、「脱兎の勢い」という語を躍らせていた。「脱兎《だっと》」。その語源は、二千五百年前、中国春秋時代の『孫子《そんし》・九地《きゅうち》』の「是《シー》故始如処女《グウシールチウニウ》、敵人開戸《ディレンカイフ》、後如脱兎《ホオルトウトー》、敵不及拒《ディブジーチエ》」――開戦時は処女のようにじっと静かに構え、敵の警戒心を緩ませておき、敵が動き出すのをまって、脱兎のようにすばしこく攻めかかれば、抵抗できない敵は自《おの》ずと敗れてしまう、の一節にあった。「孫子兵法」で名を馳せた孫子のまさに兵法を説く言葉なのである。以来、「静如処子《ジンルチウズ》、動如脱兎《ドンルトウトー》」というようになった。

中国の新聞雑誌、テレビなどのメディアでは、警察が犯人を逮捕する場面や、役人が政策を実行に移す時の素早い姿勢、あるいは災害時などに中央指導部が迅速《じんそく》に対応したことを称《たた》えるときに、よく用いられている。

それが、「脱兎《だっと》の如《ごと》し」と縮まって日本に伝わってきたようだ。「脱兎」という語には「速さ」だけでなく、「何の心の準備もない状態下で不意に起こす瞬発力」という意味も含まれている。その瞬発の意を強調する、「静如処子《ジンルチウズ》」――処女の如き静けさもまた欠かせないのではなかろうか。

最近テレビで日本の政治ニュースを見ていると、どうも政策を「じっくり考え、練り上げる」という静かな時間を、政治家はあまり持っていないように見受ける。選挙に当選した、大臣になった、総理に選ばれた、という状況になるや、どんな物静かな性格の持ち主でも活発に動き出すのだ。引っ越しやあいさつ回り、祝賀会やメディアの取材などに明け暮れる。

諸般《しょはん》の騒ぎがようやくおさまり、いよいよ国会だと期待をふくらませると、今度は与野党の批判のし合いが始まる。盛んに動いてはいるようでも、向かう方向が明確でなく、ましてや脱兎の勢いがあるはずもない。何より動き出す前に、腰をしっかりと据える「静」の余裕が見られない。民主政治なのだから、支持率を稼ぐのに常にばたばたして疲弊《ひへい》しているのだろう。一外国人である私でも、どうにかして脱兎の元気をつけてほしいと思うばかりだ。

【守株待兎《シウツエタイトー》】

一方で「守株待兎《シウツエタイトー》」ということわざもある。私の大好きな『韓非子《かんぴし》・五蠹《ごと》』からの故事だ。韓非子は二千三百年前の中国戦国時代の法家思想の思想家で、同時代の多くの思想家と同じように寓話《ぐうわ》を使って道を説いていた。

宋《そう》国の農民が農作業をしていたところ、一匹のうさぎが猛スピードで走ってきて、畑の中の切り株にぶつかり死んだ。この意外な収穫に喜んだ農民は、この日を境に農作業をやめ、ひたすら株の傍《かたわら》にいてうさぎを待ち続けたという。

ここまで書いて、日本の「幸せは歩いてこない、だから歩いてゆくんだね〜」という歌が耳にこだました。中学三年の娘と大学一年の息子を持つ母親として、食べたい物を食べ、おしゃれだと思う服を着、ほしいと言えば、親が躊躇《ちゅうちょ》なく新発売のゲーム機も高いパソコンも買ってくれるという幸せな子どもたちを眺めていると、成人するまでは、幸せ――株にぶつかり死んだうさぎ――が歩いて、いや走って来てくれるのが当然と感じているのかもしれない。しかし社会に出て、まわりの同僚や上司も、親のように甘やかしてくれるだろうか。

社会が温かくて友だちが素晴らしい、という昨今流行《はや》りの感動番組を日本のテレビでよく見る。番組の司会者の「信じていれば奇跡が起きるよ」のセリフを耳にするたび、私にはそのセリフが「株の傍で待っていれば、うさぎは必ず走ってきてぶつかって死んでくれるよ」のように聞こえてしまう。

感動すべきところに涙を流し、温厚そうな丸顔に滴《したた》った涙を拭いながら司会を務めるおっさんの「信じてさえいれば」の言葉に頷《うなず》き、テレビの画面をじっ

JASRAC 出 1410038-401

と見つめる私の子どもに、「そんなの嘘よ。努力もしないで、奇跡なんて起きるわけがないでしょ。幸せは歩いてこないって」と声を張らずにいられなくなる。

いつもそんなことを言う私は、言うまでもなく子どもに悪人扱いされている。それでも放っておけない、こういう悪人になることこそ親としての務めなのだと割り切って日々頑張っている。

母親同士であれば、話が通じるだろうと思い、歳が近い子どもを持つ知り合いにこの〝悪人話〟を打ち明けると、「ええっ楊さんってロマンのない人だね」と言われてしまった。

その瞬間、なぜか孤立するわが身を顧みずに、ふと株の傍でうさぎを待ち続ける農民のことを、不遇《ふぐう》に思った。あの農民が、もし二十一世紀の日本で再び生まれたら、きっとテレビで「奇跡を起こした人」として、スターになっていたのだろう。そして二千三百年の年月が流れて、「守株待兎」という奇跡が本

当に起きたことに驚くのだろう。

しかし今でも奇跡が起きることを信じて待つよりは、日々コツコツとやっていくほうが、私の性《しょう》には合っている、と改めて感じている。

人は、痛い目に遭わないと気づかないもの

【作《ツォ》繭《ジャン》自《ズ》縛《フー》】

繭《まゆ》を作りて、自《みずか》ら縛《しば》る

【上《シャン》医《イー》治《チー》未《ウェ》病《ビン》】

上医《じょうい》は未病《みびょう》を治す

【作《ツォ》繭《ジャン》自《ズ》縛《フー》】

「作《ツォ》繭《ジャン》自《ズ》縛《フー》」——蚕《かいこ》がまゆを作って自分をその中に閉じ込めるかの如く、人が自分の言動によって苦境に陥ることをいう。日本語の四字熟語の「自《じ》縄《じょう》自《じ》縛《ばく》」と意味が似ている。

唐《とう》の詩人・白居易《はくきょい》の詩、「燭《ツ》蛾《ウェー》誰《シェ》救《ジュ》護《フー》、蚕《ツェン》繭《ジャン》自《ズ》纏《チェン》」——蛾《が》が自ら蝋燭《ろうそく》の炎に飛び込むのを、誰が助けられようか。蚕だってまゆを作って自分を縛りつけてしまうのだから、が語源とされる。

人間から見て、なんて愚《おろ》かな虫なのだろう、と思わず嘆いた詩であるようだ。

これを受けてかどうかは不明だが、南宋《なんそう》の詩人・陸游《りくゆう》は「人《レン》生《シォン》如《ル》春《チュン》蚕《ツェン》、作《ツォ》繭《ジャン》自《ズ》纏《チェン》裹《グォ》」と詠んだ。

——人生は春蚕《はるご》の如し、まゆを作って自分を縛り包む。人間だって自覚しないうちに、蚕と同じ愚かなことをしているのではないだろうか、と指摘した。

自分自身の人生を振り返ってみる。小さい頃、食事の前の「手を洗いなさい」、「勉強しなさい」、「友だちと喧嘩してはいけない」、就寝時の「布団を蹴飛ばさないで」まで、同じことを毎日のように両親に注意されていた。

が、生まれてすぐ反抗期が始まった私は、それらをことごとく裏切った。大人になって何もできずに「困るのは自分自身」だとわかったころ、時はすでに遅し、だった。

中途半端なところからやり直さざるを得ない羽目《はめ》になり、大変な苦労をし、十数年の無駄を払った。それは痛かったけれど、今考えれば幸いだったかもしれない。蚕の「作繭自縛」は、目にも見える愚かさであり、それが身を滅ぼすことに繋がっても、「自分で選んだ道」として、後悔はしないかもしれない。

しかし同じ愚かなことでも、人間の場合、痛い目に遭わないとそれまで「作繭自縛」の行為をしていたことには気づかないものである。下手《へた》をすれば、途中で死に至ったりして、訳がわからずじまいになることもあろう。
一個人に限らず、グループや組織、国家レベルでも、こうしたことは起こりえる。民主国家では、国民が何かにつけ「知る権利」を強調し、一見、厳しく監視されているかのように見える。
しかし盲点は至るところに潜んでいる。今回の原発事故を例に挙げても、小さな綻《ほころ》びがやはりずっと前から存在していた。だから、未曾有《みぞう》の地震と津波に堪《た》えられるはずもなかった。知っていたつもりの日本の国民は、ようやく危険な状況に陥っていたことに気づいたのだ。

【上医治未病《シャンイーチーウェビン》】

『皇帝内経《こうていないきょう》』の中に、中国古代一の名医・扁鵲《へんじゃく》と魏文《ぎぶん》王との会話が記載されている。兄弟三人とも医者である扁鵲に、ある日魏文王はこう問いかけた。

「子《ズ》昆《クン》弟《ディ》三《サン》人《レン》其《チ》孰《シゥ》最《ツィ》善《シアン》為《ウェー》医《イー》？」——「君たち兄弟三人の中で、一番良い医者は誰じゃろう？」

「長《チャン》兄《シオン》最《ツィ》善《シアン》、中《チォン》兄《シオン》次《ツー》之《ツェ》、扁《ビン》鵲《チェー》最《ツィ》為《ウェー》下《シャ》。」——長兄が最も良い医者で、次兄が二番目で、僕は一番良くない医者です、と扁鵲が答えた。

「なぜ？」と魏文王が訝《いぶか》った表情で訳を訊《たず》ねる。

「長《チャン》兄《シオン》於《ウ》病《ビン》視《シー》神《シェン》、未《ウェ》有《ユウ》形《シン》而《アェ》除《チュ》之《ツェ》、故《グゥ》名《メイン》不《ブ》出《チュ》於《ウ》家《ジャ》。中《チォン》兄《シオン》治《チー》病《ビン》、其《チ》在《ザイ》毫《ホー》毛《モ》、故《グ》名《メイン》不《ブ》出《チュ》於《ウ》閭《ルー》。若《ルオ》扁《ビン》鵲《チュー》者《ツェ》、鑱《チュン》血《シー》脈《マイ》、投《トウ》毒《ドウ》薬《ヨウ》、副《フー》肌《ジー》膚《フ》、閑《シェン》而《アェ》名《メイン》出《チュ》聞《ウェン》於《ウ》諸《ツウ》。」

甚《はなは》だ興味深い答えである。——長兄が、まだ形になる前の病を見抜いて治してしまうんだから、その名はなかなか知られるようにならない。次兄は、病が出始めて軽いうちに治してしまうので、その名は近隣の村人にしか知られていない。

しかし私の場合、重症の患者を治すために、針を血管に刺したり、毒性の強い薬を処方したり、皮膚を切って手術したりするものだから、名前は諸侯《しょこう》にまで知られるほどになった。

この故事から、「上医治未病《シャンイーチーウェビン》、中医治欲病《チォンイーチーユービン》、下医治已病《シャイーチーイビン》」ということわざが生まれた。つまり医術の上手《うま》い医者は未病を治し、その次に良い医者は兆候《ちょうこう》が表れたばかりの病を治す。すでに深刻になった病気を治す医者は、医術は前述の医者よりは下である、という意になる。

今日では、後ろの部分を省略し、「上医治未病」のワンフレーズだけでいうようになり、病気のほか、教育や会社経営や、政治などの幅広い分野で使われている。

暫《しばら》く前に、テレビで「未病」という言葉をキャッチコピーにしたCMが流れていたのが大変印象に残ったが、3・11の東日本大震災によって、それまで平和で穏やかだった日本でも、たくさんの問題が一気に露呈《ろてい》し、急病に襲われた病人さながらの姿に見える。

未曾有《みぞう》の天災であるだけに、一時期、想定外だとか予測不可能だとかの言葉が新聞雑誌に並べられた。裏返してみれば、それまでに「未病」を治すような「上医」はいなかったのか、はたまたいたとしても、認識されず、才能を発揮する場がなかったかもしれない。——扁鵲が曰《いわ》く、上医は未病を治すがゆえ、その名はなかなか世間に知られるきっかけはないものだ。

突然深刻な症状が現れた今となっては、謙遜《けんそん》する扁鵲のような「下医」に期待するしかない。大胆に血脈に針を刺し、毒性の強い薬を処方し、必要な時に、皮膚を切り開いて手術することも辞《じ》さないような政治家が、いち早く現れてほしいものだ。

自信満々で胸を叩く人に、ご用心

【成《チェン》竹《ツウ》在《ザイ》胸《シュン》】

成竹《せいちく》胸に在《あ》り

【百《バイ》歩《ブ》穿《チェン》楊《ヤン》】

百歩楊《やなぎ》を穿《うが》つ

【成竹在胸《チェンツゥザイシュン》】

この二月、中国から二頭のパンダが日本にやってくるということで、テレビや新聞が、連日のようにパンダの愛くるしい姿を披露していた。

両手で抱えた笹を、歯で割《さ》きながら、味わっているかのようにゆっくりと噛み砕いて食べる。そんなパンダの仕草に、「成竹在胸《チェンツゥザイシュン》」という語の字面が重なって見えた。「竹」以外はパンダとの関連性が全くないことわざだが、中国北宋《ほくそう》時代の詩人・蘇軾《そしょく》の逸話に由来している。

唐宋八大家《とうそうはちたいか》の一人として知られる蘇軾は、詩人・書家としてだけでなく、水墨画の名手でもあり、仲間の文人・文同《ぶんどう》とともに竹を好んで描くことが多かったという。

「故画竹《グゥホアツゥ》、必先得成竹於胸中《ビーシエンデェチェンツゥウェシュンチォン》」――筆を手にする前に、胸の中にすでにでき上がった竹の絵のイメージがなければならない、と蘇軾が主張する。それに感心する文同が、自宅の庭に竹をたくさん植え、毎日のように観察し、季節の移ろいとともに成長し、変化していくその様々な姿を、目に焼きつける。

そうした努力の甲斐《かい》もあり、文同の描く竹は、めきめきと上達し、どれも生き生きとして、まるで風にそよぐ躍如《やくじょ》たるものになっていた。二人の友人で著名な画家でもある晁補之《ちょうほし》が、その画を見て、「成竹已在胸《チェンツウイザイシュン》」と舌を巻いた。

この語は、のちに、行動に先だって、その段取りや結果などを全て予想した上、必ず成功するという自信を持って臨むことを形容するようになった。

試験を受けるとか、契約を取りに行くなどの場合、心配する家族や同僚に、「大丈夫よ。私はもう『成竹在胸』なんだ」と胸を叩いて、このことわざを使うと自信のほどが一層伝わるだろう。

日本では自信ありげに胸を叩く人は滅多《めった》に見られない。自信がないというより、謙遜《けんそん》が美徳とされる国民性の表れなのかもしれない。そういう中だから、選挙になるとやたら自信満々で胸を叩く政治家たちの姿が余計に際立ってしまう。

「〇〇〇は必ず実現する」だの、「日本を〇〇してみせる」だの。力を拳《こぶし》に込めて選挙民にアピールする。政治家としてごもっともの姿であろうけれど、しかしその自信たるものは、表情と言葉に出すのに精いっぱいで、肝心の「胸」の中には「成竹」はおろか、「若竹」もないかもしれない。

一票を投じて、期待する有権者の熱い眼差しと裏腹に、実務にあたると手をこまねいて無策になってしまう政治家が、昨今特に多いようだ。有言実行《ゆうげんじっこう》とはいうものの、有言の「言」とは、シミュレーションをして実行できそうな「言」ではなく、とりあえず「言っておけば良い」というような責任感の欠けたものに思えてしまう。

政治家も画描きと似て、やはり蘇軾の「故画竹《グゥホァツゥ》、必先得成竹於胸中《ビーシェンデェチェンツゥウェシュンチォン》」を、まずは大切にしなければならないのだろう。

【百歩穿楊《バイブチェンヤン》】

政治家に熟慮《じゅくりょ》の上での「有言」を期待するとともに、実行して、いち早く効果を上げてほしいとも思う。ちょっと我がままなのかもしれないが、「成竹在胸《チェンツゥザイシュン》」の境地に達していれば、自ずと無駄なく的確に行動できるようになるものなのだ。「百歩穿楊《バイブチェンヤン》」――百歩の距離から、楊（柳）樹の葉を射止めることができるという意のことわざもある。日本語でもおなじみの「百発百中」と近い意である。

語源は『史記・周本紀《しゅうほんぎ》』にあった。

「楚有養由基者、善射也。去柳葉百歩而射之、百発百中」《チュユウヤンユジツェシアンシェイエチュリユウイヤバイブアエシエツェバイファバイチォン》

――春秋戦国時代の楚《そ》の国に、養由基《ようゆうき》という射術《しゃじゅつ》に長《た》ける者がいた。狙う柳の葉を、百歩も離れて射っても、百発百中だ。

銃のなかった古代、戦の多い分、射術に長《た》ける人材がとりわけ重宝《ちょうほう》されていたに違いない。男の子なら、相当幼い時から訓練されただろう。しかし、百歩——一歩が一メートルに相当すると考えれば、およそ五十メートル——先にある、時に風で揺れたりもするような、二センチほどの小さな柳の葉を射抜く、そうなるまで、ひたすら弓を引く日々が続いたことが想像できる。

文明が発展し、平和な世界になりつつある今日、射術に代わり、勉強して進学して就職して~というのは、子どもたちの歩む最も正しい道とされる。身体能力を生かして生きる環境から、頭脳で生きる環境に進化したせいか、社会がどこか理屈っぽくなっているように、今年娘の高校受験を通して、私はそう感じてならない。

三十年前中国の私自身の受験を振り返ってみれば、親からは、普段よりちょっと良い料理を作ってもらう以外は、サポートと言ったほどのものはほぼなかった。

しかし、今の日本では、資料調べから、学校見学、塾探しなどなど全部親の役割になっている。挙句《あげく》に先生と何回も何回も面談しなければならない。受験する子どもよりも親のほうが忙しくて大変なのだ。

それでも「普段の勉強をしっかりやれば良い」と娘に言い聞かせただけで、私は親としての出番を拒んだ。「百歩穿楊」の技は、自分以外の誰かが努力したところで身につくわけもない。受験がいつか学生だけのものに戻ってほしいものだ。

蝋燭《ろうそく》の灯りが照らしだす、和やかなひと時

【人定勝天《レンディンシエンテン》】

人定めて天に勝つ

【西窓剪燭《シーチウンジエンツウ》】

西窓に燭《しょく》を剪《き》る

【人定 勝天《レンディンシェンテン》】

四川《しせん》大地震の折、被災者と救援者も励ますために、「人定 勝天《レンディンシェンテン》」——人は必ず自然に勝つ、ということわざがよく使われていた。その語の響きが私には甚《はなは》だなじみがあった。なぜならば、ちょうど私の幼少期と重なった文化大革命の最盛期に、勝気な雄鶏《おんどり》のようになっていた革命者たちは、スローガンとしてこのことわざや、「戦天闘地《ツェンテンドウディ》」——天地と闘え、あるいは、「与天闘与地闘与人闘《ユテンドウユディドウユレンドウ》、其楽無窮《チラェウチォン》」——天と闘い地と闘いまた人と闘い、その楽しさは尽きない、という毛沢東《もうたくとう》の言葉などを、毎日のように叫んでいたからだ。

「農業学大寨《ノンイヤシエーダイツエー》」——農業のモデルとして山西省《さんせい》の大寨《だいさい》を学べ。意地で自然と闘い、無謀ながらも険しい山を棚田《たなだ》に切り拓いた大寨の人々のことが、ドキュメンタリー映画にされ、当時の全中国人は、何度も何度も見せられた。小学生だった私は、戸惑いつつも感動した。

あれからおよそ三十年、今の大寨はすっかり観光地になった。肝心な観光スポットと言えば、文革中に切り拓いた山ではなく、緑々とした棚田でもない。ツアー客に見せるのはもっぱら、山を切り拓いたリーダーで、のちに副総理にもなった農民・陳永貴《ちんえいき》の旧居や、当時見学に大寨を訪れた中央幹部たちの写真を展示した施設なのだ。しまいにはお偉いさんたちの招待にと建設されたレストランで食事をさせられてから帰らされる。料金は並はずれに高いという。

そもそも「人定勝天」を、人は必ず自然に勝つと解釈したのは間違いであると、数年前から学者たちが指摘し始めている。出典は『逸周書《いっしゅうしょ》・文伝』で、「人強 勝天《レンチャンシエンテン》」——人が強ければ天に勝る、という一文だった。また宋《そう》の劉過《りょうか》が『襄陽《じょうよう》歌』の中で「人定兮勝天《レンディンシーシエンテン》」と書いた。——人が安定すれば天に勝る。つまり人間は安定して暮らすことが何よりという意だ。

「自然と闘え」やら「天に勝つ」やらは、つい近年の中国の狂った時代の産物であるに過ぎない。自然と融和《ゆうわ》して暮らしていくという考え方が、むしろ中国の古来の価値観だ。三月十一日の東日本大地震という未曾有《みぞう》の災難に見舞われた日本で、テレビに映された被災者の姿は、恐怖や悲しみの中でも驚くほど秩序整然としていた。

暴れる自然を前にして、闘うというよりは、どこか諦観《ていかん》的に受け入れた姿勢のようにさえ見受ける。「人定勝天」――災難を乗り越えるのには、まず落ち着くことが最も重要なのではないかとふと悟らされた。

【西窓剪燭《シーチウンジエンツウ》】

福島の原発事故で、電気不足に陥《おちい》っている東京では、節電が呼び掛けられている。私もこれをきっかけに家中の電化製品を点検してみた。朝起きれば、温水で顔を洗い、電動歯ブラシで歯を磨く。そしてテレビをつけ、パンをトースターに入れて焼きながら、前日に作っておいたサラダを冷蔵庫から出す。
掃除機に洗濯機、エアコンに炊飯器、照明にパソコン……。トイレまでもボタン一つで操作するようになっているため、電気がないと使えなくなる。これじゃ停電したら、仕事はおろか、生活だって困ってしまう。

電気もガスも水道も、何もかもないような下放《かほう》先の農村で三年半も暮らした子ども時代を改めて振り返ってみることにした。

高級品だった蝋燭《ろうそく》を大事に大事に使わなければならなかったので、父の読書以外は、ほぼ暗闇の中で過ごしていた。それでも蝋燭の豆大の炎が、有難いと思うあまりか、すこぶる明るかったように覚えている。まさに日本語のことわざ――「蝋燭は身を減らして、人を照らす」と言う通りである。

「君問帰期未有期《ジュンウエングエチーウエユウチー》／巴山夜雨秋漲池《バシュンイヤウチューツエンチー》／何当共剪西窓燭《フーダングォンジエンシーチウンツウ》／却話巴山夜雨時《チウホウアバシエンイヤウシー》」

――晩唐の詩人・李商隠《りしょういん》が妻に宛てた名句だ。雨に足止めさせられて巴蜀《はしょく》地から帰れないでいた詩人が、帰れる予定も立てられず、秋雨で漲《みなぎ》らんばかりの池を眺めながら、早く君と一緒に蝋燭を囲んで、僕を困らせたこの巴山《はさん》の夜雨について語りたい。そんな気持ちを詩に託して、遠方の、心配してくれている妻に贈った、愛情と情緒に溢れた一首である。

以来、早く家に帰って一家団欒《だんらん》の時間を過ごすことや、訪ねてきた旧友と夜な夜な語り合うなどの時に、詩から「西窓剪燭《シーチウンジエンツウ》」の四文字を取ってことわざとして使うようになった。

これまで夜でも煌《きら》びやかだった東京の明るいレストランやバーなどの、電気照明をあえて消し、代わりに蝋燭を灯す、というようなことを想像してみた。家族や友人と連れ立って、蝋燭を囲みたわいない話でもしながら、レトロながら和やかなひと時を過ごす。そんなロマンチックな雰囲気ならば、日ごろ、なかなか口に出せない悩みでも、しみじみとしつつも相手に打ち明けられるかもしれない。

ほのかな蝋燭の灯が電灯よりも案外心を癒す効果がある。未だに避難所生活を送っている被災者も、この悲しい苦境を乗り越えて、一日も早く元の生活に戻り、家族や隣近者と食卓を囲み、語り合いながら、「西窓剪燭」の時を過ごせるようにもなってほしいと願うばかりだ。

心配事に時間を費やすのは、もったいない

【驚《ジン》弓《グォン》之《ツェ》鳥《ニョウ》】

驚弓の鳥

【杞《チー》人《レン》憂《ユウ》天《テン》】

杞《き》人《ひと》天を憂う

【驚弓之鳥《ジングォンツェニョウ》】

3・11の震災から二カ月が経った今も余震が続いている。とりわけ二十五階という高層に住んでいる私は、神経質になる余りに、地震がなくても揺れているように感じてしまう。もうそろそろ落ち着いて物書きに集中したいと焦るのも虚しく、依然とそわそわしながら過ごしている。このような、恐怖の体験を一度すると、繊細になり、何事につけ過剰反応してしまう、という今の私を、中国語で「驚弓之鳥《ジングォンツェニョウ》」という。

戦国時代、射術の達人・更羸《こうえい》が、魏《ぎ》王と一緒に高台の下にいたところ、頭上を鳥が飛んでいった。その姿を眺めながら、「臣為王引弓虚発而下鳥《チェンウェワンイングォンシゥファアェシャニョウ》」――王さまのために、臣下は虚弓で鳥を落として差し上げましょう、と言う。

「然則射可至此乎？《レンツェシェカェジーツーフ》」――まさか、あなたの腕はそこまで及ぶのかい？ と魏王が信じがたい表情で訊いた。

「可《カェ》」――できます、と更羸が（たぶん、自信に満ちた表情で）「可」の一字を発した。

暫《しばら》くすると、東の方から一羽の雁《かり》が飛んできた。更羸は弓の弦を指で弾いた。弓の音を受けて、鳥が急によろよろし出して、みるみる落ちてきた。

「然則射可至此乎？」――あなたの腕で本当にここまでやってくれるとは、と魏王がたいそう驚いた。更羸は（たぶん、にこりとしながら）「此孽也《ツーニエイェ》」――これは負傷している雁だ、と釈明した。

「先生何以知之《シェンションフーイーチーツェ》？」――なんで負傷していることを知っていたの？　と魏王がますます訝《いぶか》った。

「其飛徐而鳴悲《チフィシュアエメインベイ》。飛徐者《フィシュツェ》、故瘡痛也《グゥチウントンイエ》。鳴悲者《メインベイツェ》、久失群也《ジュウシーチエンイエ》。故瘡未息《グゥチウンウェジー》、而驚《アエジン》心未至也《シンウェイヂーイエ》。聞弦音《ウェンシエンイン》、引而高飛《インアエゴーフィ》、故瘡発而隕也《グゥチエンファアエイユンイエ》」と説明した。

鳥が飛ぶのが遅い上、鳴き音も悲しげに聞こえた。そのことから、傷を負って群れから逸《そ》れたと判断したのだ。

傷を負っているから速く飛べずに群れも失った。悲しい鳴き声で「無援無助《ウイユンウツユウ》」の孤独さを訴えていたのだろう。そこで弓の弦の音が聞こえると、かつての恐怖が蘇って、逃げようと無意識に高く飛ぼうと必死になる。その無理が傷に響き、あえなく落ちてしまったのだ。

『戦国策《せんごくさく》・楚策《そさく》四』にあったこの二千数百年も前の物語は、何度も読んだことがある。「そうなんだ」と感心はしたものの、最近読み返したら、やっと鳥の気持ちがわかってきたのだ。傷を負った瞬間の恐怖は、傷が治っても、心の奥底に潜んだままだ。ひょんなことで表れたりして、その発作によって時には危険な目に遭ったりすることもある。

今、被災地のみならず、日本中に驚弓之鳥のようになった人がいるだろう。震災前の自分自身を振り返ることで、心が弱っている現在の自分に気づくのも大事ではなかろうか。焦る気持ちで踏んばったりするよりは、少々のことには動じないような無神経さを養うことも必要かも。

【杞人憂天《チーレンユウテン》】

　無神経というと、日本語の中でどうしてもマイナスイメージになってしまうように感じる。むろん繊細で職人気質の日本人が、無神経になれる訳などなかろう。それでもこの頃震災や原発などによって、個人の生活ないし社会経済に引き起こされた混乱を目の当たりにして、「驚弓之鳥」のレベルを飛び越えて、「杞人憂天《チーレンユウテン》」という状態に陥ったのではないかというようなケースが少なからずあった。

　水や米の買い溜めに始まり、ホウレンソウをはじめとする〝野菜恐慌〟、そして先日、久しぶりにあった友人が魚を食べないことにしたと言う。詳しく訊《き》けば、海の放射能汚染を心配してのことだった。

杞憂《きゆう》という日本語の語源は、中国の『列子《れっし》・天端』の一編「杞人憂天」にある。杞《き》という国に心配性の人がいて、毎日天が落ちてきて、自分が死ぬのじゃないかと怖がって、寝食もできなくなっていた。

諭《さと》す役を買って出た一人が、「天積気耳《テンジーチーアェ》、亡処亡気《ワンチュウワンチー》。若屈伸呼吸《ルオチュシンフーシー》、終日在天《チォンリーザイテン》中行止《チォンシェンツー》、奈何憂崩墜乎《ナィフーユウブンツィフ》?」と説いた。つまり天というものは気の集まりであり、気のない場所などなく、人の動きや呼吸によって、日々天に集まるもので、天の崩落を心配する方がおかしいという。

「天果積気《テングォジーチー》、日《リー》、月《ユエ》、星宿《シエンスゥ》、不当墜邪《ブダンツイイヤ》?」――杞人は首を振って、天が気の集まりと言うなら、日、月、星宿《せいしゅく》などが落ちてこないとは限らないだろうかと心配する。

説得役がややあきれて、「日月星宿などは気の中で光を放つ役割だから、落ちてきたとしても当たったりはしないさ」と慰めた。

一向に安心できぬ杞人は、「奈地壊何《ナイディホイフー》?」――では、大地が割れたらどうす

ると顔をしかめる。「大地は塊の集まりで、いたるところを埋めている。土の塊のないところはない。あなたは毎日その上で動いているのだから、心配することはないでしょ？」

そんな言葉を聞かされて杞人はようやく安心した。

杞人は地震を経験したかどうかはわからないけれど、天が落ちてこなくても地が割れることは確かにある。だからといって、年がら年中、食べず寝ずで心配していては、災難が起きなくても身がもたなくなってしまう。天が落ちるかもしれない、地も割れるかもしれない、身が滅びる危険はそこら中に潜んでいる。いつ死ぬかはわからないからこそ、今過ごしている時間を、一分一秒でもより有意義に充実させて楽しく過ごして、悔いになりそうなことを最小限にとどめるように努めることが大切なのだろう。大事な時間を心配に費やすとは、そんなのは、もったいなさすぎる。

過信は時に命取りに……

【病《ビン》入《ル》膏《ゴー》肓《ホウン》】

病《やまい》膏《こう》肓《こう》に入る

【寡《グァ》人《レン》無《ウー》疾《ジー》】

寡人《かじん》は疾《やまい》無し

【病《ビン》入《ル》膏肓《ゴーホウン》】

左丘明《さきゅうめい》著の『左伝《さでん》』に「病入膏肓《ビンルゴーホウン》」という故事がある。春秋時代、重病に臥《ふ》した晋《しん》国の王・晋景公《けいこう》が、秦《しん》国に緩《かん》という名医がいると聞き、迎えに人を派遣した。

医者が来るのを待っている間に、晋景公はうとうとして眠ってしまった。すると、病が二人の腕白《わんぱく》小僧になって現れる。

「彼良医也《ビリャンイイエ》、惧傷我《ジュシオンウォ》、焉逃之《イエンタオツェ》?」――あいつって良い医者だぜ。俺らを害しちゃうから、どっかへ逃げなきゃ、とうちの一人が慌てふためいた様子で言う。

「居肓之上《ジュゴーツェシャン》、膏之下《ゴーツェシャ》、若我何《ルオウォフー》?」――もう一人は至って落ち着きはらった口調で、「ちゃんと肓《こう》の上と膏《こう》の下に隠れれば、あいつだって何もすることはできないよ」と言う。

古漢語では、膏は、心臓先端の脂肪の部分を指す。肓は心室や心房などを区切る弁の部分をいう。高度な手術法も放射線治療法もない二千数百年も前、病原菌が膏肓の間にまで潜り込んでしまったら、いくら名医であろうとお手上げ、とみなされた。

まさか、病人がそんな予言的な夢を見たとは知らぬまま、はるばる秦国からやってきた緩医師は、晋景公を診察する。案の定難色を顔いっぱいに示し、「疾不可為也《ジーブカェウェーイェ》」――もう手遅れだ、と宣告した。訳を聞けば、「在肓之上《ザイゴーツェシャン》、膏之下《ゴーツェシャ》、攻之不可《ゴォツェブカェ》、達之不所及《ダーツェブカェジー》、薬不治焉《ヨウブチーイェン》、不可為也《ブカェウェーイェ》」――「病原菌」はもう肓の上と膏の下に入り込んでしまった。どんな方法でもそこまでは届かず、薬も効かなければ、治療のしようもない、という。

二人の小僧が夢の中で交わした会話が現実となって医師の診断が下され、晋景公に伝えられた。「良医也《リャンイーイェ》！」――晋景公は、恐らく複雑な気持ちで嘆きながらも、「厚為之礼而帰之《ホウウェーツェリーアェグィツェ》」――緩医師に手厚く礼をして帰らせた。

「病入膏肓」――中国語の中では、病気に限らず夫婦関係から会社の経営、社会、経済および政治問題、あらゆる物事が、手の施《ほどこ》しようのないほど深刻な状態に陥っている様を表す語として、現在も大活躍している。

病気でもなんでも問題が発覚した段階ですみやかに対応することが最も重要だと、最近原発のニュースを見てつくづく思う。手遅れだと言われても、晋景公のように「良医也」と感心する余裕を見せる度胸を持つ者は、この世にそうそういないだろう。ましてや、一人、二人という範囲をとうに超え、日本社会あるいは世界に影響を及ぼしている問題なのだから、なんとしてもスピード感を持って、膏肓に入ろうとする「病」に勝つようにしてほしいものだ。

【寡人無疾《グァレンウージー》】

時代は晋景公とほぼ同じくして、もう一人の国君・蔡《さい》国の桓公《かんこう》も病気のお陰で名を残した。『韓非子《かんぴし》』によると、ある時、蔡桓公に会った名医・扁鵲《へんじゃく》は、「君有疾在腠理《ジュンユウジーザイツォリー》、不治将恐深《ブチージャンコンシン》」――陛下の皮膚は病を患っていて、治療しないと酷くなる恐れがある、と告げた。

「寡人無疾《グァレンウジー》」――蔡桓公は、「わしは病気ではない」と、恐らく不機嫌になりながら言っただろう。そして扁鵲が帰るのを待って、「医之好治不病以為功《イーツェハォチーブビンイウェーゴン》」――「医者は病気のない者に病気だと言って治してキャリアを積むんだから」と周囲に言いふらした。

十日後、再び蔡桓公に会った扁鵲は、「君之病在肌膚《ジュンツェビンザイジフー》」――病が筋肉に入ったことを告げたが、無視された。また十日が経ったところ、「君之病在腸胃《ジュンツェビンザイチァンウェ》」――「病はもう胃腸に入った」と告げるために、扁鵲はもう一度来た。もちろん無視された。それから更に十日が過ぎて、町に出かけた蔡桓公が扁鵲とばったり会うが、扁鵲は何も言わずに慌てて逃げた。人を遣《つか》って理由を訊《き》くと、病はもう骨髄に入ったので、治療法がないから逃げるしかないと答えた。

果たして、数日後、蔡桓公は身体中に痛みを感じ、治療してもらおうと、さんざん扁鵲を探したが見つからず、病死してしまった。

「寡人無疾」――元は健康だと過信する人のことを言っていたが、のちにすべてのことについて過信して、他人の意見を聞き入れようとしないような人を指すようになった。

今日の日本人は、健康に関してはかなり高い意識を持っている。特に四十歳を過ぎると、健康保険の種類によって無料あるいは低料金で、毎年健康診断を受けられるようになっている。よほど頑固な性格じゃないと、蔡桓公の「寡人無疾」という悔しい轍《てつ》を踏む人はなかろう。

その一方で、震災や原発対応をめぐる「寡人無疾」という現象は、毎日のようにニュースによって伝わってくる。「寡人無疾」――こちらの対応には問題はなかった、と主張したうえで、「医之好治不病以為功」――問題のないことを問題だと指摘して、世論を煽《あお》いでいる、というように反撃したりすることもある。

「医之好治不病以為功」というケースは無きにしもあらずだし、過信しても問題がないことならば心配することはない。しかし傍目《はため》で見ている者としては、最近の多くの「寡人無疾」という弁明や、「医之好治不病以為功」という反撃が、蔡桓公的な過信に近いような気がする。過信は、場合によって命取りになることもあるのだ。

自由業は気楽に見えるだろうけれど……

【望《ワン》梅《メイ》止《ツエ》渇《カエ》】

梅を望みて渇きを止む

【魔《マー》由《ユウ》心《シン》生《シエン》】

魔、心由《よ》り生ず

【望梅止渇《ワンメイツェカェ》】

　暑いせいか、この頃喉《のど》がよく渇く。出先で出された氷水をがぶ飲みすると、今度は胃腸の調子が悪くなってしまう。中国では暑くても冷たいものを余り口にしないので、胃腸は氷水に耐えるほど丈夫に出来ていないのだろう。そんな悪循環に陥らないように、ここ最近氷水を控えている。

　喉が渇いているのに飲み物はない、という時に、「望梅止渇《ワンメイツェカェ》」の故事を思い起こす。『三国志《さんごくし》』でお馴染みの曹操《そうそう》に纏《まつ》わる逸話である。

「魏武行役失汲道《ウェウーシュンイーシージドウ》、三軍皆渇《サンジンジエカェ》、乃令曰《チィリンイエ》『前有大梅林《チェンユウダーメイリン》、饒子《レオズ》、甘酸可以解渇《ガンスウンカェイジェカェ》』。士卒聞之《シツォウエツェ》、口皆出水《コウジェチウスイ》、乗此得及前源《チェンツェデェジーチェンイエン》。」（『世説新語《シーシオジイエ》・假譎《ジャジュ》』）

　魏武《ぎぶ》とは「武皇帝《ぶこうてい》」という曹操の諡号《しごう》で後世、魏武帝を短縮して呼ぶようになった。ある夏（今年のような猛暑だったかもしれない）、曹操が軍隊を率いて張繍《ちょうしゅう》を討伐《とうばつ》しに行進していた。しかし、途中水源を失ってしまった。猛暑の中、兵士たちはシャワーでも浴びたかのように汗でビショビショになりながらも、飲まず食わずひたすらに歩き続けた。

体力が限界に達し、倒れる兵士も出始めた。困った曹操は、そんな時にぱっと閃《ひらめ》いた。「前方に梅林があったぞ。実がいっぱいなっている。甘酸っぱくて、渇きを癒してくれるぞ」。

この言葉を聞いて、兵士たちはみな涎《よだれ》をたらし、梅を早く食べたい一心で足を速めた。梅林があるなど、もちろん曹操の狂言《きょうげん》だった。しかし、この狂言のお陰で、崩れる寸前の軍隊がピンチを乗り越え、助かったのだった。

胃を丈夫にし、整腸作用がある梅は、内臓の働きを良くする上に、夏バテ防止にも効くという。日本では梅干しをご飯にのせたり、大根とあえてサラダにしたりして食べるが、中国では、それをお茶に入れたり、キャンディのようにそのまま口に入れて舐めて食べたりもする。二〇〇〇年前の中国人の舌にもしっかり沁み込んでいたのだろう。梅林が見えなくても、「梅」という響きだけで、自ずと生理的な条件反射が起こる。

豊かになった今日、食べ物を我慢する必要性はほとんどなくなった。食べる行為とお腹が空《す》いたこととの因果関係が薄くなったように、飲む行為も、喉が渇いたかどうかという身体の需要というよりは、目の前に飲み物が置いてあるからとか、歩く途中にコンビニがあったから、ついでに、飲み物を買ったり飲んだりするというような、ほとんど習慣的になっているのではなかろうか。

たまには身体に秘めた内なる力を引き出さなければならないような、危機に瀕《ひん》した環境にもめぐり合わないといけないのかもしれない。

【魔《マー》由《ユウ》心《シン》生《シェン》】

仏教徒ではないが、暑くて眠れない夜に、テレビも電気も消して、窓の前の床で座禅《ざぜん》したりする。月をじっと眺めていると知らず知らずのうちに、目を閉じて別の世界に行った気持ちになる。気がついたら、暑さも疲れもどこへやら飛んでいったようで、身体の中からきれいに澄んで爽やかさと軽やかさを覚える。

『禅説《ぜんせつ》』には、「魔由心生《マーユウシンシエン》」という記述がある。

――あるお坊さんが、座禅して、禅定《ぜんじょう》に入る境地に達しそうになると、いつも決まってどこからか一匹の黒い蜘蛛《くも》が出てきて邪魔するのだった。悩みに悩んで師匠に相談したところ、「今度また蜘蛛が出てきたら、蜘蛛のお腹に丸を書けば良い」と、筆を渡された。

次に座禅すると、果たして黒い蜘蛛がまた出てきた。お坊さんは筆を手にとり素早くそのお腹に丸を書いた。座禅が終わったあと、早速黒い蜘蛛を探したが、見つからず、ふと自分のお腹に目をやった瞬間、なんとそこに黒い丸が書いてあった。ほんとうの化け物は自分自身だったのだ。

物書きは自由業である。厳しい目で監視する上司もいなければ、達成しなければならないノルマもない。仕事はなんでも自分の気分で自由に進められる。一見気楽のようだが、中々思うようにはいかない。梅雨空だと、気持ちも憂鬱《ゆううつ》でやる気がでなかったり、暑い日だと、身体がだるくて書く気力を失ったり、何もない普通の日でも、なんとなく億劫《おっくう》になって気分がのらなかったりなど、なぜか「黒蜘蛛」が一々邪魔しにやってくる。やる気がないというわけでもないのに。そういう日が続くと、一匹たりとも目にしたことのない蜘蛛の数が、確実に増えていっているような気がする。そんなときは大群になり、心の中は蜘蛛の巣だらけなのだろう。

先日は、やはり暑い夜だった。明月《めいげつ》に向かっていると、お坊さんがお腹に書かれた丸を見るが如く、蜘蛛が目の前に現れてきて、はっとさせられた。

音も空気も熱も湿気も、混沌《こんとん》としているこの世の中にあって、心に忍びこんで、邪魔しにやってきそうなものばかりに思えるけれど、実際のところは、自分で蜘蛛を作ったりさえしなければ、本来「魔」が入ってくる隙《すき》などないはずだ。

この熱い夏こそ、身体に溜まった熱を追い払うついでに、蜘蛛の巣も取り除かなければ。

隠そうとすればするほど、馬脚を露《あらわ》す

【欲《イユ》蓋《ガアイ》弥《ミー》彰《ジャン》】

蓋《がい》せんと欲し弥《いよいよ》彰《あきら》かなり

【此《ツエ》地《ディ》無《ウ》銀《イン》三《サン》百《バイ》両《リヤン》】

此《こ》の地《ち》、銀貨三百両無し

【欲蓋弥彰《イユガァイミージャン》】

　天災でも人災でも、その規模が大きいほど、隠したくなる、というのは責者の視点である。事後の混乱を避けるために仕方なくいろいろな口実で誤魔化《ごまか》すのだが、被害者にしてみればとんでもないことであろう。
が、隠すと言うからには、いつかわからないが、馬脚《ばきゃく》を露《あらわ》す恐れがある。大きな災害ほど、隠し通せる確率が却《かえ》って低くなる。昨今の震災対策や東電の原発事故の対応などを一瞥《いちべつ》すれば、むしろ逆効果に思えてしまう。

　色々と手を尽くして隠そうとしたがために、思いの外《ほか》目立ってしまう、というようなことを中国語で「欲蓋弥彰《イユガァイミージャン》」と言う。出典は『左傳《さでん》』の「或求名《ホウチュウメイン》而不得《アエブデェ》、或欲蓋而名章《ホウイユガァイアエメインジャン》、懲不義也《チエンブイーイエ》。」という一文からだ。春秋時代、魯昭公《ろしょうこう》三十一年の冬、邾《ちゅう》国の大夫《だいぶ》・黒肱《こくこう》が母国に離反《りはん》し、魯《ろ》国に投じた。そのため黒肱の領地であった濫《らん》も魯国の配下におかれることになった。
この事件を『春秋《しゅんじゅう》』に書こうとした孔子《こうし》に対し、「黒肱はとくに有名な人でもないし、史書に記載するに値しない」という論が挙げられた。しかし「国土の変動があるくらいだから、黒肱が有名か無名かを越えた大変な事件である」と考えた孔子は、「冬《トン》、黒肱以濫来奔《ヘイゴンイランライベン》」――冬、黒肱が濫を以て魯国に投じた、と『春秋』に記録した。
無名の黒肱が自分の犯した悪事によって、有名になってしまったことから、後世は、恥じるようなことをあの手この手で隠そうとするような人や組織に、「欲盖弥彰」と、忠告するような口調で使われることが多い。

【此地無銀三百両《ツェディウインサンバイリャン》】

やはり孔子様が関わっていることだけあって、この語にはどこか硬いイメージがあり、口語よりはどうしても文語的になっている。その一方、「欲盖弥彰」に意味が似ていて、日常で老若男女《ろうにゃくなんにょ》だれもが気軽に使う、「此地無銀三百両《ツェディウインサンバイリャン》」という熟語もある。

大昔、張三《ちゃんさん》という農民がいた。慎《つつ》ましい生活をしながらも、コツコツとお金をためていた。いつしかそれが銀三百両を上る大金になった。ところがそんな大金を抱えてしまった張三は、不安が募《つの》る一方である。

持ち歩いたらうっかりして落としてしまう可能性があるし、かといって家に置いておいたら盗まれるかもしれない。

あれこれ悩んで、ある夜ふと妙案が思い浮かんだ。箱に詰めた大金を、家の後ろの垣根の下に埋めた。それでも安心できず、部屋に戻って暫《しばら》く考え込んだ末、また閃《ひらめ》いて、筆を手に取り、白い紙にでかでかと「此地無銀三百両」――ここには三百両の銀はありません、と書いた。この紙を銀を埋めたところの垣根に張って、張三はようやくほっとして、部屋に戻り眠りについたのだった。

そんなずっとそわそわして落ち着かない張三の様子を、隣人の王二《わんある》が何日も前から気になっていた。何があったのかを訊《き》けずにいたが、この夜、またしても張三が家を出たり入ったりして、やたらせわしなくしているので、陰でひそやかに覗《うかが》っていると、家の後ろで大変な作業をしているではないか。

夜中に張三が熟睡した頃をはかって、王二はこっそりと張三の家の後ろに回って、蝋燭《ろうそく》の明かりを頼りに偵察《ていさつ》すると、あの「此地無銀三百両」のでかでかとした七文字が真っ先に目に入った。

にやける王二を脳裏に思い浮かべながら、私もにやけてしまった。もちろんご想像の通り、王二が三百両の銀を掘り起こして、自分のものにした。

まさに棚から牡丹餅《ぼたもち》だったが、しかし大金を手にした王二は喜びもつかの間、すぐさま大金を盗んだことが張三にばれたらどうしようと恐れはじめた。さんざん悩んだ末、王二もまた妙案を思い浮かべ、筆を取り、あっという間に七文字を書き上げた。「隔壁王二不曾偸《ゲェビウンアェブツェントー》」——隣の王二は盗んでいませんよ、と。

紙を、「此地無銀三百両」と並べるように垣根に張り、安心した王二もまた家に戻ってぐっすりと夢の中へ。

一見ばかばかしい話のように思えるが、現実の生活の中で似たような話を聞いたり、自身でも出くわすようなことが多々ある。冷蔵庫に取ってあるロールケーキを、母親に見つからないように食べて、生クリームを髭のようにつけた口で、そのことを否定する子どもなら可愛いけれど。

しかし最近耳にするのはもっぱら大人の可愛げのないニュースだ。日本では、お金がないと言い、増税を目論《もくろ》む一方、公務員の宿舎建設問題が出てきたり、賠償金を低く抑えたいという東電が、リストラ案を打ち出す一方、電気料金の値上げも示唆《しさ》したりするようなことが続いている。

何より驚いたのは、飢餓《きが》に喘《あえ》いでいる北朝鮮の金（正恩）総書記に関するものだ。ペットのえさ代になんと千七百万円もかかっているという。そんな「無銀」と「三百両」との矛盾に目を瞠《みは》るのは私だけではなかろう。

矛盾で成り立ってきた、文明の行く末

【自《ズ》圓《イエン》其《チ》説《シオ》】

自《みずか》ら其説を圓《まった》しとす

【自《ズ》相《シャン》矛《モー》盾《ドン》】

自ら相い矛盾す

【自《ズ》圓《イエン》其《チー》説《シオ》】

「言うは易く行うは難し」ということわざは日本にもあるし、中国にもある。おそらくほかの国にもあるだろう。言語と文化を越えた世の普遍的なことなのであろう。母親として、子どもに勉強させるために、「今度の試験でよい点数を取れたら、Wii※を買ってあげてもいいよ」ということを、幾度なく言っていたが、でもいざよい点数が取れて、「Wiiを買って」と子どもに言われると、「あんな高いゲーム、本当に買って与えたら、子どもが勉強しなくなってしまうのではないか」と考えてしまい、未だにその約束を実行していない。

今では、「ママは約束を守らない人」として、子どもに信用されなくなってしまった。「約束を守らないのには、深い意味があるんだよ」とちょっと悔しく思いながら、説明しようと努力するが、「約束は約束だから」と子どもたち

※据置型家庭用テレビゲーム機

は一点張りで、話を聞こうとしてくれない。「大人になったら、いつかきっとわかってくれる」と、何の根拠もない期待を抱き、子どもの冷たい視線に耐えて、一旦失った信用の大きさを噛みしめる日々だ。

「言うは易く行うは難し」。――なぜ言ったにもかかわらず実行しなかったのかを理解してもらうことのほうが、もっと難しいことであると私は心得ている。

中国語には「自圓其説《ズイエンチシオ》」ということわざがある。――つい口が滑って出た不都合な話を、つじつまが合うようにうまく言い繕《つくろ》うことである。

清王朝の軍官・蕭《しょう》なにがしは、軍艦に乗って海を巡察した際に、海賊に遭遇してしまった。幸い外国軍艦の助けを得て、十三名の海賊を拿捕《だほ》することができた。帰国するなり、海賊たちは直ちに南京《なんきん》官制台下に引き渡され、担当役人の史《し》なにがしは、主権を行使して厳重に対処しようとした。しかしこれを知って、史の上司は甚《はなは》だ不機嫌になったという。

そこで、史はさんざん悩んだ末、主犯のみに罰を与え、残りの海賊全員を助けてくれた外国に身柄を引き渡して、事件をいい加減に終わらせた。大勢の前で硬そうな拳《こぶし》を振り上げて、国の主権を守るだの、海賊全員を厳罰すると大きな口を叩いたあと、それが上司の望みでなかったことを悟るなり、うやむやにさせた史のこの行動こそが、「自圓其説」の語源だとされている。

「言ったのに実行しない」ということに限って言えば、今の日本の政府与党も同じように思えてならない。政治となると、親と子の約束、あるいは一人の役人と一地方の百姓との間で起きた出来事などとは、スケールも質も違うかもしれない。しかし、選挙時にうまいことを言っておいて、勝って与党になると、正反対のことをし出すのは、何だか詐欺《さぎ》の手口に似ているようにも思えてしまう。「そういう場合は、解散してもう一度民意を問うべきだ」と、テレビなどのインタビューを見ると、多くの人はそう答えている。

しかし、政権を握っている人たちは、解散などするつもりはまるでない、という姿勢で、前へ前へと突き進んでいる。それどころか、〝自圓其説の努力〟

——つじつまを合わせようとする作業さえもしていないように見受けてしまう。

【自相矛盾《ズシャンモードン》】

私の好きな『韓非子《かんぴし》』の中に、「自相矛盾《ズシャンモードン》」という物語がある。

「楚人《チュレン》有《ユウ》鬻《ユ》盾《ドン》与《ユ》矛者《モーツェ》、誉之曰《イーツェイユ》：『吾《ウ》盾之堅《ドンツェジェン》、莫之能陥《モーツェノンシェン》。』又《ユー》誉《イー》其《チ》矛曰《モーイュ》：『吾《ウ》矛之《モーツュ》利《リー》、於物《ウウー》無《ウ》不陥也《ブシェンイエ》。』或曰《ホォイユ》：『以《イ》子《ズ》之矛陥《ツェモーシェン》子之盾《ズツュドン》、何如《フール》？』其《チ》人《レン》勿《ウ》能応也《ノンインイエ》。」

——ある楚《そ》国の商人が矛《ほこ》と盾《たて》を同時に売っていた。彼はまず盾を持ち上げて、客に見せながら大声で誉《ほ》める。「私が売る盾はとても堅くて、どんな鋭い矛でも突き破ることができない」と。そう言い終えると、今度は矛を持ち上げて、誉める。「私のこの矛はとっても鋭いのだ。どんな丈夫な盾であろうと、突き破ってしまうんだぞ」。

そこで客の一人が、「あなたの矛で、あなたの盾を刺してみたらいかがですか?」と言った。商人は黙って応えることができなかった。

そんな浅はかな商人が実際にいるのかしらと、うんと小さいときに、この物語を読んで鼻で笑ったことがあった。しかし人生の半分を生きてきて、そうしたことがたくさんあることを、最近つくづく思うようになった。所詮《しょせん》、この世は矛盾《むじゅん》で成り立っているのかもしれない。

ある人がどんなものも、突き通すことのできない頑丈な盾に憧れ、挑んだらできてしまった。と思いきや、既にほかの誰かが、そんな強靭《きょうじん》な盾でさえも突き破ってしまうような、もっと鋭い矛の研究開発に取り組んでいる。こうして次々とより素晴らしい矛や盾が完成して、文明は発展してきたのだろう。

そして新しいものができるたびに、「世には、これに勝るものもなかろう」とこぞって信じ、どこもかしこも一斉に取り組んできた。

そしてあるとき、本当にどんなものも突き通すことができない盾が完成した、と人間は勘違いし、暴走してしまった。――東京電力・福島第一原発事故の問題である。

「さらに頑丈な盾が欲しい」と言う前に、我々人間には、何ものをも通さない「頑丈な盾」が本当に必要なのか、また「より鋭さを追究した矛」をつくるまで極める必要があるのかを、一旦冷静になって考えるべきではないだろうか。

II

龍は中国人にとって特別な存在

【葉《イエ》公《ゴン》好《ホウ》龍《ロン》】

葉公《しょうこう》龍を好む

【龍《ロン》陽《ヤン》泣《チー》魚《イュ》】

龍陽《りゅうよう》魚に泣く

【葉公好龍《イェゴンホウロン》】

二〇一二年は辰《たつ》年で、中国語で「龍年《ロンネン》」という。神話の中にしか存在しないこの動物は、駱駝《らくだ》のような頭に鹿のような角が生えており、目は鬼、耳は牛に似ている。また蛇のような身体をしているが、鯉の鱗《うろこ》が背中を覆《おお》い、腹がなんと蜃《しん》と同じだという。こんな風につづっていくと、段々イメージが湧かなくなるけれど……。さらに四つある脚はいずれも鷹の爪と虎の掌という作りであるらしい。

さまざまな生物から最も優れたパーツを集めてできたような動物であるのだから、龍が最強になるのは当たり前だろう。それでも神話らしくその特異性と神秘性を突出させたいがため、その凄さはさらに極めている。喉の下に逆鱗《げきりん》があり、首はまさに今日の貴婦人さながら、「宝珠《ほうじゅ》」というものがぶら下がっているのだという。

威厳と非凡さに満ちたその風貌は、やがて皇帝の象徴となる。皇帝になる人は真龍天子《しんりゅうてんし》と呼び、皇帝が着る服は「龍袍《ロンポウ》」、皇帝が座る椅子は「龍椅《ロンイー》」と言う。とにかく龍は中国人にとっては特別な存在であるだけに、「龍」という字の入ったことわざもけた外《はず》れに多い。龍の文様を施した「福」の字や、「対聯《ドウレン》」などを家中に貼ってお正月を迎えるというのは中国の習わしだ。それが「龍年」となれば、国中はもう龍だらけになってしまう。

漢の時代、劉向《りゅうこう》が書いた『新序《しんじょ》』という本に、「葉公好龍《イエゴンホウロン》」という物語が記載されている。

「葉公子高好龍《イエゴンスゴウホウロン》、鈎以写龍《グォイーシエロン》、鑿以写龍《ツォイーシエロン》、屋室彫 文以写龍《ウシーディオウエンイーシエロン》。於是天龍聞而下《ウシーテンロンウエンアエシャ》之《ツエ》、窺頭於牖《クエトウウユウ》、施尾於堂《シーウエウドウ》。葉公見之《イエゴンジャンツエ》、棄而還走《チーアエホウンツォ》、失其魂魄《シチホンプォー》、五色無主《ウースエウチュ》。」

――「龍」が好きな葉公は、帯の装飾から、盃《さかづき》の文様、家中の壁や柱など、至るところに「龍」を彫っていた。天にいる本物の龍がこのことを知り、葉公の家にもぐり、頭を窓に据《す》え、尻尾《しっぽ》をリビングに入れた。果たして本物の龍を見た葉公は、うろたえて魂魄《こんぱく》も失せ、真っ青な顔をして逃げていった。

話変わって、孔子《こうし》の弟子である子張《しちょう》が、魯《ろ》の哀公《あいこう》が人材を渇望していると聞きつけたので、謁見《えっけん》を求めたが、哀公は子張を七日間にわたって無視し続けた。腹が立った子張は、去る際に葉公の龍の物語を話し、哀公の「好士《こうし》」――人材好き、とは、龍が好きという葉公と同じようなものではないかと批判したことから、この語が、見せかけだけの愛好のたとえで広く使われるようになった。

そう言えば、昨今、人材を渇望しているとアピールする政治家や実業家も多いように見受ける。葉公のような好龍的なものでなければ良いのだが。

【龍陽泣魚《ロンヤンチーイュ》】

「龍陽泣魚《ロンヤンチーイュ》」は、龍の字が入っているが、龍と関係ないことわざである。

『戦国策《せんごくさく》』にあった一節である。戦国時代、魏《ぎ》王に龍陽《りゅうよう》という名の男妾《だんしょう》（史書に初めて記載された同性愛者であるという）が仕えていた。ある日、二人は一緒に釣りに出かけた。はじめて間もなく、十数匹の魚が釣れた。が、龍陽はなぜか泣き出してしまった。「何を悲しんでいるの」。案じた魏王がこう訊《たず》ねた。

「最初の一匹を釣れて、すごくうれしかったけれど、でもその後次々と大きな魚が釣れると、はじめに釣った小さいやつを捨てたくなった。ふと殿下にとっての私が、私の最初に釣った魚と同じではないかと思って哀しくなったのです」

と龍陽は答えた。

――世の中に美人がごまんといるにもかかわらず、私は男の身でありながら王の寵愛《ちょうあい》を受けている。このことを世に知られたら、きれいに着飾って王の歓《かん》心《しん》に投じる者も出てくるでしょう。やがて私もきっとあの小魚のように王に捨てられてしまう。そう考えだしたら、泣かずにいられなくなった。

龍陽の言葉に魏王がいたく感慨を覚えたようで、王に美人を紹介する者を一

族皆殺しの刑に処すると、国中に布告したという。

美男は美女よりも恐ろしいものだと言いたいところだが、王は、愛情表現のためにに、ただ自分の権力を最大限に使っただけなのかもしれない。布告を出したら、傍《かたわら》にどんな美女がいても王に紹介する愚か者もいなければ、一族皆殺しの目に遭う者もなかろう。その代わりに魏王自ら、龍陽のことが嫌いになって縛られて暮らすしかない窮地に立たされたことになるかもしれない。

この語はのちに恋に破れた者に同情するようなたとえになったが、私には現代の日本経済に当てはまりそうな気がしてならない。国際競争を恐れるあまり、自ら停滞する空気の中に潜り込んで、身の安全を図るようでは、競争に敗れるリスクこそ避けられるかもしれないが、競争によってしか生じない活気や発展も同時に断たれてしまうのではないだろうか。

何事も実践する前に、龍陽の涙に負けて、可能性の全てを断《た》つのも考えようによるものだ。

すべてのものに備わる長所と短所

【各《ゲエ》有《ユウ》所《スオ》長《チアン》】

各々長ずる所有り

【拾《シー》人《レン》牙《ヤー》慧《ホウイ》】

人の牙慧《やけい》を拾う

【各有所長《ゲエユウスォチアン》】

人はそれぞれ得意と不得意がある。私の場合で言えば、小説を書くのは楽しいが、子育てに関してどうかと訊《き》かれると、自信が持てなくなってしまう。にもかかわらず、子育ての経験者というだけで、子育て中の母親へのアドバイスを、たびたび求められる。

そう言えば日頃テレビでは、有名な女優さんが、料理作りに腕を揮《ふる》ったり、お笑いタレントが政治のことを熱弁したりといった、業種を越えた活躍が多くみられる。料理界で成功した人などでも、エッセイも書けるし、モデルのような振舞いもしたり、プロ並みに歌うこともある。それでいながら、情報番組では、あらゆる事件や話題について、コメントもするため、「超人」に思えてしまう。

劉向《りゅうこう》が書いた『説苑《ぜいえん》』に「各有所長《ゲエユウスォチアン》」という逸話が、記載されている。

戦国時代、秦《しん》国の左相・甘戊《かんぼう》は使節として斉《せい》国に赴《おも》く途中で、ある大河を渡らなければならなかった。一人の船乗りに「船を出してほしい」と頼んだところ、その船乗りは、「河水間耳《ヘウスウジエンアエ》、君不能自渡《ジウンブノンズドウ》、能為王者之説乎《ノンウエワンツエツエシオフー》？」と鼻で笑った。

このくらいの幅の河さえ、自力で渡ることができないヤツに、どうして王様の説客《ぜいかく》としての大役が務まるというのかね？

失礼な船乗りに、甘戊は、あくまでも穏やかな口調（だったと想像する）で、「不然《ブレン》、汝不知也《ルブチーイエ》。」――いいえ、あなたはわかってないだけだ、と切り出した。

「物各有短長《ウーゲエユウドウチアン》、謹願敦厚《ジンイエンドンホウ》、可事主《カエシチュ》、不施用兵《ブションビン》。麒驥《チージー》、騄騏《ルーチー》、足及千里《ズウジチエンリー》、置之《チエツエ》宮室《ゴンシー》、使之捕鼠《シーツエブシオ》、曾不如小狸《ツブルシオウリ》。幹将為利《カンジヤンウエリー》、名聞天下《メインウエテンシヤ》、匠以治木《ジヤンイチーム》、不如斤斧《ブルジンフー》。今持楫而上下随流《ジンチージアエシアンシヤスイリユウ》、吾不如子《ウーブルズ》。説千乗之君《スオチエンチエンツエシウン》、万乗之主《ワンチエンツエジユ》、子亦不如戊矣《ズイブルウーイ》。」

――すべてのものには必ず長所と短所がある。慎重で誠実な大臣なら君主を補佐することが得意だが、兵を率いることは不得意であろう。麒驥《きき》のような良馬は一日千里を走ることができても、家に閉じ込めて、鼠を獲らせたら、猫に負けてしまうだろう。「幹将《カンジャン》」という天下に名を馳せた名刀だって、これを木を切ることに使ったら、斧に劣ってしまうのだ。

だから櫂《かい》を駆使しながら、波に乗って船を漕《こ》ぐならば、私はあなたに勝てないけれど、千輛《りょう》ないし万輛の戦車を持つ君主を説得することにおいては、あなたはこの戊に負けるだろう。

甘戊の侃々《かんかん》たる論を聞きながら、頭を垂れていく船乗りを想像して、爽快感を覚えてしまう。完璧な人間は中にはいるかもしれないけれど、やはり、短所のある人のほうに不思議に魅力を感じるのは、私だけだろうか。

奇《く》しくも春秋時代の策略家・管子《かんし》も『管子・形勢解《けいせいかい》』の中で、「明主之官物《メインジュツエグエンウ》也《イエ》、任其所長《レンチスオチャン》、不任其所短《ブザイチスオドン》、故事無不成《グウシーウブチエン》、而功無不立《アエゴンウブリー》。」と述べている。——賢明な君主が各官の適任者を選ぶときは、それぞれの人の長所を生かした人事をするため、選ばれた各人は、物事を成せ、功績を築くことができる。

長所を生かせる仕事に就くことこそ、成功への秘訣なのかもしれない。

【拾人牙慧《シーレンヤーホウイ》】

マルチタレントが増え、さまざまな事柄にコメントを寄せることで、私たちもテレビを見ながらにして、各事柄について多視点での見方を知ることが、期待できそうだが、実際のところは、個性のあるはずのご意見番たちのコメントは、似たり寄ったりである。

宋《そう》の劉義慶《りゅうぎけい》が書いた『世説新語《せせつしんご》』に、「拾人牙慧《シーレンヤーホウイ》」という物語が収録されている。

東晋《とうしん》時代に殷浩《いんこう》という博識の武将がいた。殷浩はある戦いで負けたため、免《めん》官《かん》され信安《しんあん》というところに流された。その流刑地に、韓康伯《かんこうはく》という彼の甥もついて行くことになった。康伯は頭の良い青年ではあったが、伯父を慕うあまり、伯父の言葉や物言いから、文章や考え方まで真似ていた。このため独創的な見解がまったくなかったので、堪《た》えかねた伯父・殷浩は不愉快な気持ちを露《あら》わにした。
「康伯未得我牙後慧《カンボウェデェウォヤーホウホゥイ》。」
「牙後慧」とは、歯に隠れる聡明《そうめい》さ、わかりやすく訳せばつまり「言外」の意味になろう。話し言葉にせよ、文章言葉にせよ、言葉通りに、意味を鵜呑《うの》みするような人が、思いのほかいるものだ。そのために現代でも大学受験や就職面接の際に、読解力とか理解力などが試されるのかもしれない。

　甥に忠実に真似された殷浩が、なぜ機嫌を損ねたかと言えば、自分が言葉の端々に持たせた知恵や余韻というものを康伯が理解していなかったからではなかろうか。いわゆる「康伯未得我牙後慧」——康伯は私の歯の奥に隠したものを何も得ていない。

　忠実あるいはそっくりに真似していたのに、なぜ？　おそらく康伯は伯父の言葉を受けて戸惑っただろう。彼の「そっくり」の意とは、伯父の「歯」そのもの、現代で言えば、型で作った「入れ歯」に過ぎず、康伯には役に立たない。

そもそも物事の真髄《しんずい》とは、形などあるわけではなく、自分自身で吟味して理解するものだ。そういう意味において、今日マルチタレントと言われる人々が、次々と更新されるニュースについて、一々意見を述べなければならないことは大変なことかもしれない。消化する時間がほとんどないような状況の中で、参考にするつもりであろう人の意見を、康伯さながら自分の口から出してしまう。このようなことを、中国語では「拾人牙慧」という。

昨日より今日、今日より明日と思いたい

【人《レン》心《シン》不《ブ》古《グ》】

人心古《いにしえ》ならず

【衆《チオン》心《シン》成《チエン》城《チエン》】

衆心《しゅうしん》城を成す

【人心不古《レンシンブグ》】

日本は震災や原発事故。タイは洪水。ＥＵではユーロが崩壊の危機にさらされ……。また金融不安による暴動が、米英で起こっている。一方でアフリカではジャスミン革命を発端にして独裁政権が次々倒れた。良い意味でも悪い意味でも二〇一一年は激動の一年だった、と完了形で言いたいところだが、二〇一二年に入った早々、今度はアメリカの熾烈《しれつ》な大統領選で、共和党候補者選びの戦いではロムニー氏が僅《わず》か八票差でサントラム氏に勝ったという一報が入った。世界各国のリーダーが交代する今年、時代の激動が一向に弱まる傾向になく、むしろその激しさが増すばかりの様相《ようそう》を呈しているのではなかろうか。

ニュースなどを見て私の瞼の裏には、しばしば「人心不古《レンシンブグ》」という四文字が浮かび上がる。「人心不古」とは、昔のことはすべて良く、逆に今を否定してしまうことである。中国人の物事についての評価基準には、少し偏見的なところと、少し道理にかなっていないところと、少しへんてこなところと、少し根拠のないところがあると、私は考えているが、理不尽な現実にぶつかるときに、中国人独自の評価基準をもって「人心不古」と嘆く傾向があるようである。

「人心不古」と似た意味の言葉は、「厚古薄今《ホウグブォジン》」——古代を高く評価する一方、現代を軽蔑《けいべつ》する、であろう。四千年の中国の歴史を見れば、間にいくつか繁栄した王朝があったように思うが、近代飛躍する日本や欧米諸国と比較すれば、つい最近までずっと下り坂を辿っていたように思う。このような歴史は、「厚古薄今」の考えが人々の間で深く浸透した結果であろう。

元《げん》の文宗《ぶんそう》朝である一三二九年、中国の江西《こうせい》地方は大旱魃《かんばつ》に見舞われた。被災地は「穀不登《グーブドゥ》、麦不収《マイブシォ》」——穀物の収穫はない。餓死《がし》の危機に陥った。

しかし被災民をそっちのけで、私利《しり》ばかりはかる役人を、時の元曲《げんきょく》（元代の戯曲）作家・劉時中《りゅうじちゅう》は「不是我論黄数黒《ブシーウォロンホウンシューヘイ》、怎禁他悪紫奪朱《ツンジンタアェツードウチゥ》。争奈何人心不《チェンナイフーレンシンブ》古《グ》、出落著馬牛襟裾《チュウォツェマーニュジンジゥ》」と批判した。――批判したいわけではない。正義を遮《さえぎ》り悪が横行し、人間の顔をして畜生如きことをやっている。私はそういう事態を見て見ぬふりは出来ない。昔だったらこんなことはなかったのに……。

現代社会が古代社会の気風を失い、また現代人は古代人の温厚さや純朴さを失っているという意味もある「人心不古」。そう言えば日本語にも、「古き良き時代」という表現がある。やんわりではあるが、やはり昔はずっと良かったなと懐旧口調で、なんとなく「今の時代はどうして」という気持ちを滲ませているように感じてしまうのである。

大変な時代なだけにこのところ特に、「人心不古」と呟くことが多くなった。ふとアメリカ人だったら、こんなことを言うだろうかと考える。つい最近まで上り調子が続いたアメリカは、長きにわたって世界のリーダーの座を独占してきたのだから。「昨日よりは今日」や「今日より明日」という見方のほうが普通なのでは……。とにもかくにも「人心不古」とまでは決して思わないだろう。

生きやすい世を目指した人は、文明を発達させ、その一方で自身でも様々な知恵をつけてきた。なかには「人心不古」と嘆きたくなるようなこともあるが、多くは得た良知によって、時代を経るごとに、よりよい社会を築いてきたであろう。数で勝負を決めるという民主主義が現行で続いているのも、その裏付けになろう。

【衆心成城《チォンシンチェンチェン》】

『国語・周語下』には、「衆心成城《チォンシンチェンチェン》」という記載がある。

東周《とうしゅう》時代（紀元前七七〇年〜二五六年）の十二代王・周景王《けいおう》が治世中、独断で大銭（大判の銭）（紀元前五二四年）と大鐘（楽器・編鐘《へんしょう》の巨型バージョン）（紀元前五二二年）を製造させた。計画の段階から何人もの大臣の猛反対に遭う。

庶民生活には欠かせない小銭の代わりに大銭を作ることは、市場の流通を鈍らせることになるし、巨大な編鐘も単なる贅沢品で、そんなことに大金を使い、国民に余計な負担をかけるということになれば、民の心はきっと離れてしまう。結果国家を危機に陥れることになるだろう。「衆心成城」——大勢の人が同じ心持であれば、どんなことでも成し遂げられるし、いくら堅固《けんご》な国でも、民心を失えば簡単に倒れてしまう。

が、周景王は聞く耳を持たなかった。三年間をかけて、大銭を作り、大鐘も作ったかと思ったら、翌年心労で倒れ亡くなる。途端に内乱が勃発《ぼっぱつ》し、争いはそれから五年間もの間続いた。

いつからか、「衆心成城」は「衆志成城」に変わり、今や、専《もっぱ》ら「一致団結し困難に立ち向かい、大業を成し遂げる」というような士気《しき》を上げようとするなどの場合に使われている。

民主国家である日本。ここ数年の総理の交代は、走馬灯《そうまとう》のように目まぐるしいものがある。最近、現在の総理もまた増税云々で危うい状態に。民主国家の根本である民心と民意が、離れて行くのを止める方法はあるだろうか。
政治はどうであれ、この一年も衆志成城で、震災復興に全力を注いでほしいものだ。

華麗な外見と、粗末な中身

【金《ジン》玉《ユー》其《チ》外《ワイ》、敗《バイ》絮《シュ》其《チ》中《チォン》】

其の外を金玉とし、其の中を敗絮《はいじょ》とす

【買《マイ》櫝《ドォ》還《ホォン》珠《ジエ》】

櫝《とく》を買いて珠を還す

【金玉其外《ジンユーチーワイ》、敗絮其中《バイシュチーチォン》】

来日した当初からずっと、買い物をするたびに、商品の美しい包装に感心している。たとえハンカチやスカーフのような小物類、あるいは安物でも、デパートで買うと、高いものと同様、丁寧に紙で包んでくれるし、更に「プレゼント」だと申し出れば、贈る相手に合わせた色と形のリボンや花をつけてくれる。これがバレンタイン・デーや、母の日などのような大きなイベントとなればひとしお凝った包装になる。

たとえばチョコレート。箱だけでも布製の物から、木製の物、金属製の物、素焼きの物などさまざまで、どれもモダンで魅力的なデザインである。だから、一旦手に取れば離せなくなってしまう。もちろん、値段も目を瞠《みは》るほどである。もし財布の中身を気にして、安めの物に手を伸ばすなら、紙製やプラスチック製の箱になってしまう。たかだかチョコレートぐらいでそんなにお金を使いたくないと思って、高価な方を購入するのを諦める人もいるかもしれないが、プレゼントだと考えると、やはり中身よりも箱を重視する人の方が多いのではなかろうか。

正直、私も箱に凝《こ》る方である。一度中国から日本に戻る時に、空港である月《げっ》餅《ぺい》の箱に引っかかってしまい、衝動買いをしてしまったことがあった。値段が高く箱の大きさも半端でないのに、説明書きには月餅が四個しか入っていないとあった。帰宅後、開けてみたところ、箱の中に、更に月餅をかたどったプラスチック製の容器があり、月餅そのものは、紙やら布やらで何重も包まれていた。余計なものを全部剥がしてみると、月餅の実際の大きさは、普通のものとほとんど変わらなかった。ひどく騙された気持ちになった。

ふと「金玉其外《ジンユーチワィ》、敗絮其中《バイシュチチォン》」ということわざを思い出した。明《みん》の大臣・劉基《りゅうき》の『賣柑者言《マイチュンツェイエン》』にある一文で、見た目は良いが、中身はおんぼろであることのたとえだ。

劉基が、杭州《こうしゅう》に行った時のエピソードを記したものである。市場で蜜柑《みかん》を売る人がいた。黄金の色をして、しかもつやつやしておいしそうに見えたので、劉基が一個を買って食べようとした。その場で、皮をむき始めたら、その途端に、蜜柑の中から煙埃《えんあい》のようなものが上がり、鼻に衝《つ》いた。よく見てみると、中身は黴《か》びて、ぼろぼろの絮《わた》さながらで、すっかり水分が失われていたのだ。

劉基は納得がいかず、こんな蜜柑を売るのは詐欺《さぎ》ではないかと、売主に問いただしたところ、売主は笑って答えた。「こういう商売を何年もやっているのだが、文句を言われたことは一度もなかった。詐欺と言うなら世の中にこれよりひどいやつはいくらでもいるじゃないか」。兵符《ピンイン》を持っている者も、威張って虎皮の椅子に座っている者も、官帽《かんぼう》をかぶっている者も、腰に長い帯を締めている者も、どいつもこいつも「国のために」と口では言っているけれど、実際に盗賊が自分の近くにいても捕まえない。百姓が困窮しても助けようとしない。官吏《かんり》が悪いことを働いても見ぬふりをして、法規などへの関心をこれっぽちも持っておらず、国の糧食だけ浪費している。確かに彼らは皆ご馳走《ちそう》を食べ美酒を飲み、そして立派な馬に跨《また》がっているので、威厳があるように見える。うわべが金の玉のようでも、中身はないに等しい。

【買《マイ》櫝《ドウ》還《ホォン》珠《ジュ》】

ものも人間も、中身が大事である、――そんな言葉が嫌になるほどよく耳にはいってくるというのに、実際の生活の中ではなぜか、いつも見た目に左右されてしまうような気がしてならない。見た目を重視したための失敗を幾多経験した私も、未だに華麗な箱に魅せられて物を買う癖が直らない。しかもきれいな包装紙や箱があると、大事に取っておく癖だってついている。時たま、物は消費してなくなっても、包装具の方が残っていたりするようなこともある。

『韓非子《かんぴし》』に「買《マイ》櫝《ドゥ》還《ホォン》珠《ジュ》」という故事がある。

楚《チュ》人《レン》有《ユウ》賣《マイ》其《チ》珠《ジュ》於《ウ》鄭《チエン》者《ツエ》。為《ウエ》木《ム》蘭《ラン》之《ツエ》柜《グエ》、熏《シュン》以《イ》桂《グエ》椒《ジォウ》、綴《ツァ》以《イ》珠《ジュ》玉《ユー》、飾《シー》以《イ》玫《メイ》瑰《グエ》、輯《ジー》以《イ》翡《フィ》翠《ツイ》。鄭《チエン》人《レン》買《マイ》其《チ》櫝《ドゥ》而《アエ》還《ホウン》其《チ》珠《ジュ》。

――楚《そ》国のある人が、持っている真珠を鄭《てい》国の人に売りつけようと考えた。彼は香木《こうぼく》で箱を作り、その箱にシナモンの香りを燻《いぶ》りつけて、花や翡翠《ひすい》を用い装飾を施した。鄭の人がそれを買っていったが、中に真珠があることに気づき、すぐ戻ってきて返した。

真珠を売るために作った箱は、鄭国の人に気に入られ買われたのは良いが、肝心の真珠が返されたのは、さすがにショックだったのだろう。一見バカバカしい話だけれど、家に大事に取ってある包装具のことを思えば私自身、笑えなくなる。

むろんこのような本末転倒は、商品の包装だけに限ったことではない。いつか料理の食材を使い回した問題で、社会を騒然とさせた有名料亭もあるし、会社のお金を使ってカジノで豪快に振舞う御曹司《おんぞうし》もいた。日々テレビで賑わうスキャンダラスなニュースを眺めれば、大抵、見た目がきれいな箱と、その箱におさまったみすぼらしい中身、そのギャップによって起きたことが原因であることが多いのではないだろうか。

ものも人間も、中身がやはり大事である。

美しいものほど寂しさを持ち併せる

【紅《ホン》杏《シエン》出《チュ》牆《チャン》】

紅杏牆《こうきょうかき》に出《い》ず

【天《テン》涯《ヤー》海《ハイ》角《ジオ》】

天涯海角《てんがいかいかく》

【紅杏出牆《ホンシェンチュチャン》】

大雪が日本を襲った頃、ベトナムのホーチミンでは三十三度の真夏日が続いていた。寒さ対策に持っていった服は着られるはずもなく、大急ぎで現地で帽子とTシャツを調達し暑さを凌《しの》いだものの、日本に戻ってみれば日焼けして黒くなっていた。

強い陽ざしの中、汗だくで常夏《とこなつ》の地を巡りながら、ふと秋冬春がないここホーチミンでは、夏以外の季節を詠《よ》む詩が生まれるだろうかと訝《いぶか》る。そう思うと忽《たちま》ちさみしさがこみ上げてきた。二月の半ばといえば、中国では、詩の豊作シーズンである「春」がこれからやってくるというのに。

「応憐《インレン》屐歯《ジチェ》印《イン》蒼苔《ツァンタイ》／小扣《シォコウ》柴扉《ツァイフィ》久《ジュウ》不開《ブカイ》／春色《チュンスェ》満園《マンイウン》関不住《グウブチュ》／一枝《イシェ》紅杏出牆《ホンシェンチュチャン》来《ライ》」

——麗《うら》らかな春の日、小路《こみち》に生えた青苔に下駄の跡をくっきりと残しながら歩いてきた詩人が、長閑《のどか》な庭園の前で足を止めた。春にときめく気持ちを庭園の主人と分かち合いたくなったのか、暫《しばら》く柴の扉を叩いたが、残念なことに誰も出てこなかった。

がっかりして引き返そうとしたその時に、壁の外側に伸びた赤い杏《あんず》の花が咲き誇る一本の枝が、不意に目に入る。庭園の中いっぱいに溢れた春が、この一本の枝で詩人に伝わったのだ。宋《そう》の詩人・葉紹翁《ようしょうおう》の春を詠む絶句「遊園不値《ユウイウンブジー》」である。

が、春を読者の目に躍動させた、神筆《しんぴつ》とも言える最後の一行「一枝紅杏出牆来」は、今では「紅杏出牆《ホンシエンチュチャン》」と短縮され、皮肉なことに「あいつの女房は『紅杏出牆』だってさ」という具合に、もっぱら女性の不貞を暗喩《あんゆ》する言葉となっている。

春と女。文芸作品の中で両者を結びつけるように描写するのは、中国に限らないだろう。しかし、杏にふしだらなイメージを押しつけたことについては、どうも中国らしい。杏と女性を結びつける伝説には、次のようなものがある。唐《とう》の玄宗《げんそう》が馬嵬坡《ばかいは》で死んだ楊貴妃を案じ、人を遣ってその亡骸を回収しようとした。が、行ってみると死体はなく、辺り一面は杏の花になっていた。これによって楊貴妃は「杏花の花神」と呼ばれるようになったという。風流な話ではあるが、この時点ではまだ杏の花＝ふしだらということには至っていない。

時代を経て、清《しん》のポルノ小説家の李漁《りぎょう》は、破天荒《はてんこう》な作品をつくった。

「種杏《チオンシエン》不実者《ブシーツエ》、常以処子之裙《チャンイーチュズツエチュン》系樹上《ジシオシアン》、便結子累々《ビンジエズレイレイ》。余初不信《ユチュブシン》、而試之果然《アエシーツエグオレン》。是樹之喜淫者《シーシオツエシーインツエ》、莫過於杏《モグオウシエン》、予嘗名為風流樹《ユチャンメインウエフンリュウシオ》。」

——杏を植えても実らない時に、処女のスカートを樹に縛り付けた。するとたくさん実るようになったという作品である。こうしたことが関係してか、杏の樹は風流樹と名付けられた。

この風流な樹が壁に沿って植えられ、庭の中に拘束されるのを想像すると、まさに旧時代、儒教のしきたりによって束縛された中国女性そのもののように思えてくる。

美しいものほど寂しさを持ち併せるものである。壁の外に美男子の気配があれば、秘め情事に発展しない方がむしろ不自然であろう。決して女性の不貞《ふてい》を称えるわけではないけれど、禁じられた愛だからこそ、美しくかつせつなさを感じてしまう。

【天涯海角《テンヤーハイジォ》】

一方で、純愛でも不倫の愛でも、男女共に往々《おうおう》にして、「世が終わってもこの愛は変わらない」や、「天の果てまで行っても、あなたを忘れることはない」などと誓い合う。

中国語の「天地の果て」を表す言葉は「天涯海角《テンヤーハイジォ》」だが、日本語の「天涯孤独」

の語源であるともされている。古くから離れ離れになる際に、「どんなに離れていても、決して心変わりしない」と、思いを相手に伝えるのに活用されてきた。

唐《とう》の文豪・韓愈《かんゆ》は、幼いうちに両親が相次いで他界し、兄の韓会《かんかい》によって育てられていたが、十一歳の時に兄も亡くなり、残ったたった一人の姪の十二郎と支え合って生きていた。やがて韓愈が十九歳になり、故郷と十二郎とも別れを告げ京城《けいじょう》で仕えるようになった。以後十年の間、十二郎と三回しか会うことができなかった。

その後、そろそろ故郷に戻って暮らしたいと考えている時に、今度は十二郎の死を知らされる。悲しみのあまり、韓愈は祭文《さいもん》の中に「一在天之涯《イガイテンツェヤー》、一在海之角《イザイハイツェジオ》」と悔しさを滲ませた。それが、のちに「天涯海角」と言うようになった。

実際「天涯海角」と呼ばれる場所があり、中国の海南《かいなん》省三亜《さんあ》市の最南端のビーチにある。十年ほど前に訪れた時に、「天涯」と「海角」という文字が書かれた二つの巨石の前で記念写真を撮った。

「たとえ天涯海角まで行っても、この愛は変わることはないよ」と、いつかそんなふうに言われたことを思い出し、しばし感慨に浸ったが、ふと、広州《こうしゅう》から「天涯海角」までは飛行機と車を乗り継いで、僅《わず》か三時間で辿り着けることを思い出した。ということは、三時間愛する心があったなら、その愛は約束不履行《ふりこう》にはならないということだろうか。

宇宙開発が進み、月にも土星にもものともせずに人間が踏み入れるようになった今日、愛を誓い合うのに、「天涯海角」という言葉を持ちだすほどの古臭い若者もいないだろう。また、「心変わり」も普通のこととして捉えられるほど、現代のテンポは早いということだろう。

大勢に隠れて無能を隠す

【濫《ラン》竽《ウ》充《チォン》数《シュウ》】

濫竽《らんう》数に充《あ》つ

【人《レン》浮《フー》於《ウ》事《シー》】

人、事に浮《ふ》す

【濫《ラン》竽《ウ》充数《チォンシュウ》】

先日、時間の計算を間違って待ち合わせ場所に予定より随分《ずいぶん》早く着いてしまった。暇つぶしに繁華街をぶらつくと、人だかりにぶつかった。有名ブランド店が新規オープンするというのだ。その人気はどこに秘密があるのか、俄然《がぜん》興味が湧き、列に加わる。一〇分ごとに二十人入れるというシステムだったらしく、私は列に従ってくねくねと小回りしながら、一時間もかかってついに入店できた。

が、入店したものの、何が何だかわからず、気に入った服もなく、わずか一〇分ほどで出てきてしまった。そこで思い出したのが、『韓非子《かんぴし》』にある故事「濫竽充数《ランウチォンシュウ》」である。

戦国時代、斉《さい》の国の国王・宣《せん》王は竽《う》（吹奏楽器の一種）の合奏曲を好んでいた。

「斉宣王使人吹竽《チシァンワンシーレンツイウ》、必三百人《ビサンバイレン》。南郭処士請為王竽《ナングォチュシーチンウェワンウ》、宣王説之《シァンワンシュツェ》、廪食以数百人《ビンシイーシェバイレン》。」

——宣王が竽の曲を聞く時には、必ず三〇〇人の奏者を使い大合奏させていた。南郭《なんかく》のある処士《しょし》がこれを聞きつけて、宣王に朝見し、自分は竽を吹くことができ、その技術はかなり高いとホラを吹いた。宣王は処士の言葉を信じ、その技術を試すことなく、奏者として採用した。このため処士は数百人の奏者に混じって、手厚い待遇を受けることになった。

「数があれば怖いものなし」という理論を、処士は上手に応用したと言えよう。かくして、処士は暫《しばら》く安泰《あんたい》な生活を送ることになった。が、世の中、うまい話は長く続くとは限らない。数年も経たないうちに、処士の幸運は、老いた宣王が亡くなったことによって、終わりを迎える。

「宣王死《シァンワンスー》、閔王立《ミンワンリー》。好一々聴之《ホウイイティンツェ》、処士逃《チュシータオ》。」

——宣王の死後、王の息子が位を継ぎ閔《びん》王になった。この閔王も竽を好んだが、合奏曲が好きな父親と違い、奏者を一人ひとり呼んで、独奏をさせるのを好んだ。元々竽の演奏ができず、大勢の奏者に紛れて誤魔化《ごまか》していた処士は慌てて逃げたという。

何も買う気はないのに、暇つぶしのために列に並びブランドの店に入った私が、大勢に紛れて誤魔化したことは「濫竽充数」につながる気がした。

国や会社などの組織において、最初の「立ち上げ」の時期は、さまざまな面において定まりがなく、往々にして一人が二人分、三人分、ないし十人分の働きをする。すると、最初は何もできない人でも、頑張っているうちに才能が養われるようになるだろう。しかし、一旦軌道に乗れば、問題は次第に減り、人員にも余裕が出てくる。そのとき〝暇人〟と思われるのは、誰もが嫌だと感じるだろう。それゆえ問題が減った分、新たな問題を見つけようとする〝暇人〟は、会議も多くしたり、長くしたりして、「充分な議論はまだなされていない」というような発言をするようになる。

昨今、さまざまな「人数」を巡って——国会議員の定数や公務員の削減など

——議論されている。その一方で、子どもの数の減少による高校や大学などの「定員割れ」も問題になりつつある。

数が増えることによる質の低下もあれば、数が足りないゆえの質の低下（レベルを下げざるを得ないなど）もある。一見して矛盾しているようでも、どちらも現代社会が抱える問題である。

【人《レン》浮《フー》於《ウ》事《シー》】

人間の「質」について触れている一文が、『礼記《らいき》』にある。

「君《ジュン》子《ズ》辞《ツウ》貴《グェ》不《ブ》辞《ツウ》賤《ジャン》、辞《ツウ》富《フー》不《ブ》辞《ツウ》貧《ビィン》。……食《シー》謂《ウェ》禄《ルウ》也《イエ》、在《ザイ》上《シアン》曰《イエ》浮《フウ》。禄《ルウ》勝《シュン》己《ジ》則《ツエ》近《ジン》貪《タン》、己《ジ》勝《シュン》禄《ルウ》則《ツエ》近《ジン》廉《レン》。」

——君子（徳の高い人）は富や貴を辞する一方、貧や賤を拒まない。古代中国では、大抵役人に俸禄《ほうろく》を糧食で支払いをしていたため、俸禄は「食」とも言う。

「浮」とは越えるという意で、己の能力を越えるような俸禄をもらうことは、「貪《むさぼ》る)」に値し、逆に己の能力が俸禄を越えることは、「廉（清廉《せいれん》)」といえよう。

高い給料をもらいたい、働く人なら誰しも思うことであろう。売上のパーセンテージで給料を計算するというわかりやすい業種もあるけれど、すべての業界に通用するものではない。ここ十数年ほど前まで日本社会では、適切に能力を反映させる報酬を計算するのに当たり、能力というよりも、むしろ学歴と勤続年数を重視しているように見受けられた。とりわけよい大学を出て、国家公務員試験の難関を突破すれば、ほぼエリートと認定され、高い給料を手にすることができる。

ここ数年、たびたびマスコミで取り上げられる「天下りの問題」を見ていくと、天下った官僚たちは、いくつもの「○○法人」を渡り歩き、一度入っては出て行ってまた次へと……という仕組みになっているらしい。これを「定年後」も繰り返し、給料、役員手当、そして退職金……と、ものすごい大金を「稼ぐ」

ことができるのだ。

「禄勝己《ルウシエンジ》」――俸禄が己の能力を越えているかどうかはわからないけれど、天下った先を一、二年で辞めてしまうということは、ある意味、働く「暇」がないように思われても仕方のないことかもしれない。

この「禄勝己」から生まれたことわざは「人浮於食」――人が不当に高い給料をもらうことの喩《たと》えだが、後に「人浮於事《レンフウウシー》」に変わり、仕事に比べ人が多過ぎることを表わすようになった。

逃れがたい運命の乗り越え方

【在《ザイ》劫《ジエ》難《ナン》逃《タオ》】

劫《ごう》に在《あ》りては逃れ難し

【紙《ツエ》上《シアン》談《タン》兵《ビン》】

紙上《しじょう》、兵を談《だん》ず

【在劫難逃《ザイジェナンタオ》】

暫《しばら》く前、三〇年以内に首都圏でM7級以上の大地震が起きる可能性が九八パーセントある、というテレビニュースを見て、背筋が凍るような感覚になった。ニュースのあと、電話が次々と入ってきた。ほとんどが怖がる中国人の友人たちからのもので、日本を去った方が良いのかどうかという「去留問題」の相談だった。もちろん私には判断しかねる問題である。ニュースの中にあった数字はすぐに修正され、お陰でひどく緊迫していた空気もしだいに緩み、落ち着いてきた。

しかし最近になって、千葉県に新たな活断層を発見したというニュースが飛び込んできた。この見つかった活断層の近くに住む一人が、暗闇のどん底に突き落とされたかのような絶望した声で「帰国すること」を私に告げた。

引き留めたかったが、何せ、私自身「在劫難逃《ザイジェナンタオ》」という悲観的な気持ちに陥ったから、他人のことまで気を配れる余裕がなかった。

「在劫難逃」。もともと仏教用語である。劫は梵語《ぼん》「kalpa」の音訳「劫波」に由来し、「極めて長い時間、永遠」との意である。生きること、つまり人生という長い時間に放り込まれるということだ。劫の中で生死転生し、因果を積み重ねていく。時間が長くなればマイナス要素が積もり、ときには災難に見舞われることもある。

「在劫」――この人生という循環の中にあって、「難逃」――苦難から逃れ難し、というのが私なりの解釈だ。ある仕事にメンバー十人のプロジェクトチームを組んで挑むのに似て、仕事が成功すれば、業績を十人で分かち合える一方、失敗した場合も、責任や損失も全員で負わなければならない。業績ならほしいけれど、失敗しそうと判断して、途中で抜けて逃げるようなことは、たとえたった一人であっても許されないということである。

地震がいつ、どこで、どれほどの規模で起きるのかを、現段階の人智《じんち》では予想すること（かなりばらつきのあるパーセンテージや数字ではあるが）ができても、地震そのものをコントロールすることはできない。ならば逃げる、と安易に考えて行動に走る者が出てくる。が、人生とは逃げたからといって、よい方向に向かうものではない。直面しなければならないシチュエーションないし、立ち向かってこそ乗り越えられる難局も必ずある。どうせ在劫の運命であるならば、いっそ逃げることをあきらめた方が賢明なのかもしれない。

【紙《ツエ》上《シアン》談《タン》兵《ビン》】

三〇年以内に、地震が起きる確率はどうであれ、地震と聞けば誰でも3・11の悲惨さが目に浮かんでしまうだろう。Ｍ7級以上の首都直下型地震となると被害がいかなるものかを想像する。恐ろしくて眠れなくもなる。この巨大地震の「想定できなかった」という悔しい教訓を汲み取り、「防災基準」の見直しを急ぐのにつられるようにして、友人たちも競って家の震災対策に取り組み始めているという。

メディアによる「防災アドバイス」を参考にして、家具を新たに配置し直しただの、倒れそうなものを突っ張り棒で固定しただの、割れ物は低いところに移しただの、緊急時用の食料や飲料水をたっぷり買いこんだだの、枕元に地震対策用セットを家族分を用意しただの……、という具合に、成果を上げるたびに、友人たちから電話がかかってくる。

「完璧だね」と心ここにあらずの状態で呟きながら、ふと「紙上談兵《ツェシァンタンビン》」という『史記《しき》・廉頗《れんぱ》藺相如《りんしょうじょ》列伝』にある故事を思い出す。戦国時代、秦《しん》国と交兵した趙《ちょう》国は、劣勢に陥っていた。主将の廉頗は趙王に支援を請うた。これを受け、名将趙奢《ちょうしゃ》の息子である趙括《ちょうかつ》が新たな統帥《とうすい》として起用されようとしていた。

いわゆるサラブレッドの趙括は、「少時学兵法《シォシシェビンファ》、言兵事《イエンビンシー》。以天下莫能当《イテンシャモノンダンチャン》。嘗与其父奢言兵事《ユチフーシャイエンビンシー》、奢不能難《シャブノンナン》、然不謂善《レンブウェシアン》」——小さいときから兵法を学び、戦い方や用兵術を説くのが好きで、「我に敵《かな》う者はこの世にいない」と自負もしていた。父親の奢《しゃ》とも「兵事」についてしばしば議論していたが、奢も息子を議論で負かすことができないほどであった。にもかかわらず、そんな息子を、奢は決して評価しようとしない。

「なぜ、私を評価してくださらないのですか？」と問われた父・奢は次のように答える。「兵《ビン》、死地也《スディイエ》。而括易言之《アエコオイイエンツェ》。使趙不将括即已《シチオウブジャンコオジイイ》。若必将之《ルオビジャンツェ》、破趙《ポーチオウ》軍者必括也《ジンツェビコオイエ》！」と。——「戦いとは死ぬ覚悟で挑むもので、決してお前が言うような軽いことではない。お前は統帥にはならないほうがよいと私は思っている。でなければ趙軍はお前の手によって破滅してしまうだろう」。

しかし皮肉にも理論派の趙括は、統帥に任命された。そして、案の定、趙軍は秦軍に大破されてしまった。

口が達者だが実戦には堪えない、そんな理論派の作為のことを、中国語で

「紙上談兵(ツェシァンタンビン)」と言う。確かに予想されている「M7級首都直下型地震」に備えて、しかるべき対策をしなければならない。想像力を目いっぱい逞《たくま》しくし、あらゆる基準や想定を見直す必要もあるだろう。なのに、「予想」や「想定」やらといった言葉からは、私には「紙上談兵」的な響きに聞こえてしまうのだ。

正体が摑めない地震に、想定基準に応じて対策を立て、そして安心感を得る。予想や想定、それらが目的としているのは、結局のところ今における、いざという時の「安心感」なのではなかろうか。この「安心感」こそ、一番の禁物ではないかと私には思えてならない。

膨大な無駄が生み出される現代社会

【三《サン》紙《ジー》無《ウ》驢《ルエ》】

三紙《さんし》、驢無《ろな》し

【洛《ロウ》陽《ヤン》紙《ジー》貴《グエ》】

洛陽、紙貴《たか》し

【三紙無驢《サンジーウルエ》】

テレビを見ていると、番組の中身がどんどんすっからかんになってきたなと、つくづく思う。とりわけ、今流行《はや》りのミステリー仕立てのバラエティ番組は、CMに入る前に、「この後、衝撃の結末」だの、「驚く犯人の素顔」だの、「見なければ一生後悔するほどの事実が明らかになる」といった勿体《もったい》ぶったナレーションを流す。しかしCMがあけても、CM前の物語を長々とおさらいし、少し続きを足してから、ゲストにどうでも良いコメントを語らせると、また次のCMに入る。その前に、もちろん、視聴者を引きつけようと、上述の「衝撃的」なキャッチフレーズを忘れずに流す。

一時間(長ければ二時間の時もあるが)も、鼻に紐を通された牛のように散々テレビの前に縛りつけられ、待ちに待った「衝撃の結末」が番組の終わりにとうとう「明らか」になる。しかし結末は衝撃的でも何でもない。「驚く犯人の素顔」が明らかになっても、「驚き」というより、「やっぱり……」という気持ちのほうが大きく、がっかりさせられる。

こうしたことを中国では、「三紙無驢」ということわざを使って表現している。北斉・顔之推《がんしすい》の『顔氏家訓《がんしかくん》』に書かれた一文、「博士買驢《ボーシマイルエ》、書券三紙《シオチユンサンジー》、未有驢字《ウエユウルユズ》」からなったという。

その昔、ある一人の独りよがりの文人がいて、周りから「博士」と呼ばれていた。ある日、市に出かけた彼は、良いロバを見つけ買おうと決めた。当時、家畜を売買する際、契約書を交わさなければならないという習わしがあった。博士は、その場で持参した紙を広げ、筆を振るい始めた。一枚を書き、二枚も書き、つい三枚目まで書き終わってしまいそうになっても、ロバの字が一向に出てこない。我慢できなくなった売人は、しきりに催促する。すると、「急かさないで！ロバという字は、これから出てくるのだから」と博士はひたすら自慢げに筆を運ばせて答えるのだった。

以来、無駄ばかりで時間や労力がかかるようなことを喩《たと》えて、「三紙無驢」と広く使われるようになった。

「時間はすなわち命」という名言がある一方、雑誌などで「時間のつぶし方」という特集を目にすることがある。時間を費やすことを負担に感じる人が多々いるのかなと、つい疑問を持ってしまうようなタイトルだが……。本当のところはどうであるかはさて置き、先日二、三の友人と久しぶりに会って、論文の「裏話」が話題に上がった。

「論文」というと、その響きから我々一般人には読んでもわかりそうにない、奥深い内容をガチガチに固めた難しい文章であると考えてしまう。でも実際に論文を書いている人の話をよくよく聞いてみると、判断されるのは内容のよしあしというよりも、むしろ規定された字数に達するかどうかということであるらしい。大体、修士論文なら八万字以上で、博士論文となると十二万字が最低ラインだという。

――奥深い内容の論文？　そんなのは稀《まれ》にあるかもしれないけれど、現実にはまず規定の字数に達していなければ提出しても、受け付けてくれないのだから……。ちょっとでも関係づけできる図表や資料があれば、やたら引用するんですよ。

一人がそう嘆くと、同調する人がすぐに出てくる。

――なんと言っても字数だよ。内容なんて、わからないほど却《かえ》って通りやすいかも。わからないから、「奥深い」と解釈する心理って、〝メンツ〟を重んじる学者に限って意外にもっているんだよね。

事の真偽をこの世間話を基準に判断するのはあまりにも無謀だが、奇《く》しくも「三紙無驢」の主人公も博士と呼ばれる人物であった。

【洛陽紙貴《ロウヤンジーグェ》】

同じ紙にまつわることわざと言えば、「洛陽紙貴《ロウヤンジーグェ》」であろう。こちらは『晋書《しんじょ》』に記載された、西晋太康《せいしんたいこう》年代の逸話である。時の著名な文士・左思《さし》は、後漢の班固《はんこ》の書いた『両都賦《リャンドフー》』と張衡《ちょうこう》の書いた『両京賦《リャンジンフー》』に倣《なら》い、三国時代の魏《ぎ》・蜀《しょく》・呉《ご》のそれぞれの都、鄴城《ぎょうじょう》・成都《せいと》・南京《なんきん》を取り上げ、名文『三都賦《サンドフー》』を書きあげた。

まさに傑作だった。『三都賦』が世に出るや瞬く間に都・洛陽《らくよう》で大きな話題を呼んだ。読んだ者すべてがほめたたえ、読んでいない者は慌てて本を手に入れようと八方の手を尽くす。

まだ出版社のない時代、どのように本を読んだのかというと、本屋に行って本を買うのではなく、その本を持っている人から借りて、自らの手で書き写すしかなかった。書き写す人が余りにも多いため、文房屋の紙の値段はみるみるうちに跳ね上がり、二倍になり三倍になり、しまいに洛陽では紙が売りきれ状態に陥ってしまった。

売れない小説家にとっては、まったくもってうらやましい話である。優れた書物であれば、わざわざ宣伝することなく、口コミだけで市井《しせい》を沸かすことができる。しかし昨今では、中身が伴わず、大げさなキャッチフレーズばかりが目立つような作品が少なからずあるのではないだろうか。しかしそうした書物への人々の関心はいずれ薄らぎ、悪評が立ってしまうのではないだろうか。

「洛陽紙貴《ロウヤンジーグェ》」――のちに、優れた文芸作品が、世に出た時の反響を形容する言葉として、使うようになった。読書がなかなか流行《はや》らないこの時代ではあるが、一度、すばらしい内容が多くの人々に理解される本物の「洛陽紙貴」を、経験してみたいものだ。

欲は悪ではなく、悪とは度の過ぎた欲

【杯弓蛇影《ベイゴウシュイン》】

杯弓《はいきゅう》の蛇影《だえい》

【巴蛇呑象《バシエドウンシャン》】

巴蛇《はだ》象を呑む

【杯弓蛇影《ベイゴウシュイン》】

聞くところによれば、マヤの暦では、地球は二〇一二年の年末に滅びるとされているらしい。この予言を検証するような書物もたくさん出版されているというが、私はまだ一冊も読んでいないので、そんな話題になると、いつも一笑していた。

ところで、毎年年末が近づくにつれ、「地球最後の日と、どう向き合うか」という深刻な口調の友人から、電話が多くかかってくる。ある友人は、せめて子どもだけでも生かしたいと考え、この難から逃れるために唯一安全とされるフランスのある山の場所を突きとめたと話してくれた。

しかし、「短期間でフランスへ国籍を移すのは、難しいと思う」と私が答えると、友人はひどく落ち込んだ。それでもその友人は、年末年始をフランスで過ごすのだと意気込む。

そんなやりとりをしながら、『晋書《しんじょ》・楽広傳《がくこうでん》』の「杯弓蛇影《ベイゴウシュイン》」という故事を思い出した。

楽広は、いつも訪ねてくる友人の一人が、長い間来ていないことを気にしていた。ある日、その友人が久しぶりに遊びにやってきたので、「どうしてしばらく来なかったの？」と訊《たず》ねてみた。

「前在坐《チュンザイツォ》、蒙賜酒《モンツージュウ》。方欲飲《ファンユーイン》、見杯中有蛇《ジェンベイチォンユウシェ》、意甚悪之《イシンエーツェ》、既飲而疾《ジインアェジー》。」

——客は遠慮がちに、そのわけを語る。「前回来た時、お酒を賜りました。しかし飲もうとした時に、杯の中に蛇が入っていることに気付いたのです。気持ち悪くて仕方ありませんでしたが、無理に飲んだのです。すると、すぐに病気になってしまいました」と。

これを聞いて、楽広は友人と一緒に酒を飲んだ部屋を見に行ってみた。すると、テーブルの横の壁には弓がかかっており、その柄には蛇が描かれている。

きっとこの弓の蛇が友人の酒杯に映ったのだろう。数日後、彼は再びその友人を同じ場所に招いて、酒を飲むことにした。酒を注ぎ、友人が杯を持ち上げるのを待って、楽広は、「酒中復有所見否《ジュチォンフウユウスォジエンフォ》?」と訊《たず》ねた。

お酒の中に、また何かが見えたのではないですか?

友人は慌てて杯の中を覗き、「所見如初《スォジェンルチュウ》」——前と同じ蛇がいる、と動揺し始めた。

楽広は笑って、弓を指して訳を教えた。「客豁然意解《カエホォレンイージュ》、沈痾頓癒《チュンカエドンユー》。」——客は豁然《かつぜん》と悟り、病気もすぐ治った。

日本語にも「病は気から」ということわざがある。近年、風邪や下痢などのような「日常病」が減った代わりに、うつや心身症など、現代的な疾患が増えつつあるという。ストレスの多い時代だからという解釈もある。しかし、つい数十年前まで日本でも、お腹を満たすために日々食料を確保することを心配するような時代があった。

現代のストレスの所以《ゆえん》は、むしろ生きていくためのサバイバル的な心配が減ったことにより起こっているのではないかと私は考える。食料を心配していた時代には、マヤ暦はおろか、一週間先のことだって気にする余裕もなかったのだから……。地球が滅びることを騒ぐよりも、とにかくいかにして明日も生き延びるかに頭を使ったのだろう。

【巴蛇呑象《バシェドゥンシャン》】

蛇にまつわる故事は、『山海経《さんがいきょう》』の「巴蛇呑象《バシェドゥンシャン》」にもある。物語は二つのバージョンがある。

その一。その昔、巴蜀《はしょく》地方に阿象《あしゃん》という貧しい狩人がいた。ある日、阿象が森で狩りをしていると、気絶した小さな蛇を発見した。餓えで気を失ったと見受けて、家に連れて帰り、餌を与えて念入りに介抱してやったところ、蛇は元気になった。

　すくすくと成長した蛇は、阿象の恩に報いるべく、毎日のように外を回って金目の物を見つけては持って帰ってくるようになった。何もせず家で待っているだけで、蛇が宝を運んできてくれるなんて……。喜んだ阿象は、その欲を膨らませた。この蛇の力でひょっとして自分も億万長者になれるとばかりに、蛇に「もっと金になるものを、もっと多く取ってきなさい」と追い立てて無心するようになった。蛇は暫《しばら》く阿象の欲する通りに勤《いそ》しんだ。しかし、阿象の貪欲さは収まるところを知らず、却ってどんどんと膨らんでいった。忍ぶに忍べない蛇は、とうとう堪忍《かんにん》袋の緒《お》を切って、欲に狂った阿象を呑みこんでしまったのだった。

　その二。昔々、洞庭《どうてい》湖という一帯に体長一八〇センチの、青い頭に黒い身体をする巨大な蛇・巴蛇《はだ》が生息していた。近くに住むものなら、動物、人にかかわらず襲って食べるのだという。ある時、巴蛇は途轍《とてつ》もなく大きな象を呑みこ

み、その骨格を三年経ってやっと吐き出すことができた。巴蛇におびえた人々の暮らしを守るため、黄帝《こうてい》は「神射手《かみいて》」と呼ばれる后羿《ごけい》を遣い、蛇を射止めた。二つに切られた蛇の身体は、のちに山と化した。それは今の四川省《しせん》の有名な山地・巴陵《はりょう》であるという。

二つの物語は、ともに貪欲の怖さを語っているが、面白いのは、前者の悪は人間で、蛇は正義だったのに対し、後者の悪は蛇になったところだ。

一方で欲は、生き物にとって生きるエネルギーになるという言い方もある。よく考えれば、一番目の物語で、もし阿象が、蛇が持ってきたものだけで満足していたら、円満な人生を送れたかもしれない。欲は悪ではなく、悪とは度の過ぎた欲であるということこそ、「巴蛇呑象」の物語の教訓なのだろう。

III

心をもって接する境地に至る「道」

【目《ムー》無《ウ》全《チェン》牛《ニュウ》】

目に全牛《ぜんぎゅう》無し

【遊《ユウ》刃《レン》有《ユウ》余《ユ》】

遊刃余り有り

【目無全牛《ムーウチェンニュウ》】

寒くなると、家に籠《こも》りがちになってしまう。そんな時、台所に立ち包丁を握って、普段敬遠している手の込んだ料理を作ると暖かくなって、幸せな気持ちさえ湧きあがる。そう言えば、日本語の「包丁」は、もとは「庖丁」と書き、その語源は、中国の古典『荘子《そうじ》』の「養生主編」にあった。

庖丁《ほうてい》とは、戦国時代の魏《ぎ》国の人で、文恵君《ぶんけいくん》に仕える、牛を解体する名人だった。一度、文恵君も牛を解体するその始終を見ることがあった。

「庖丁為文恵君解牛《ポウティンウェウェンホウイジウンジエニュウ》、手之所触《シォツエスオチュ》、肩之所倚《ジエンツエスオイー》、足之所履《ズウツエスオリエ》、膝之所踦《シーツエスオジ》、砉然《レン》響然《シャンレン》、奏刀騞然《ツオダオホオレン》、莫不中音《モーブチォンイン》。合於《フーウ》『桑林《サンリン》』之舞《ツエウー》、乃中《ナイチォン》『経首《ジンシォ》』之会《ツエホウイ》。」

――庖丁はいざ、文恵君のために牛の解体ショーを始めた。見れば、庖丁の手が触れ、肩を寄せ、足が地を踏み、膝を屈ませるたびにリズム感よく、なめらかな音とともに牛の解体が続く。それはまるで「桑林《そうりん》」という舞のリズムに乗っているようでもあり、「経首《けいしゅ》」という舞曲の旋律にも重なっているようである。

まさに神業！　見入った文恵君は驚嘆の声を漏らした。

「嘻、善哉《ナイチォン》！　技盍至此乎《ジンシォツェホウイ》？」

――ほほ、良いぞ！　お前はどうして、こんな高い境地に達することができたのか？

庖丁は包丁を置いて答えた。

「臣之所好者《チェンツェスォホウツェ》、道也《ドウイエ》、進乎技矣《ジンフジイ》。始臣解牛之時《ショチエンジエニエウツエシ》、所見無非牛者《スオジエンウフエイニエウツエ》。三年之《サンネンツエ》後《ホォ》、未嘗見全牛也《ウエツエンジエンチュンニュウイエ》。方今之時《ファンジンツエシー》、臣以神遇而不以目視《チエンイシエンユアエフイムーシー》、官知止而神欲行《グエンチジアエシエンユシエン》。」

――私が探究し続けてわかったのは、自然の法則を学ぶことが大事ということです。それを学ぶことができれば、技がどうこうということはたいしたことではありません。初めて牛を解体した時、私の目には牛しか見えていませんでした。しかし三年経つと、牛の姿が目につくこともなくなりました。そして今、私は目で牛を見るのではなく、心を以て牛と接しています。見ることを止めても、心が動いているのです。

この庖丁の境地を想像するのは難しいが、なんとなくわかるような気もする。初めてパソコンを買った時に、スイッチの入れ方さえわからなかった私だが、今は目を瞑《つむ》っていても、文章を打ち込むことが出来るようになったことを思えば……。とはいえ、庖丁の「官《グエン》知《チ》止《ジ》而《アエ》神《シエン》欲《ユ》行《シエン》」の境地とは、全く別次元の話ではあるけれど。

実際に庖丁の前に、生きた牛が現われたとしても、自然の法則を熟知した玄人《くろうと》の目に映ったのは、その皮に包まれている骨格や経絡《けいろ》であり、それゆえ包丁をすいすいと入れることができ、まるで音楽に乗っているように優美に振舞うことができたのである。

この「三年之後、未嘗見全牛也」という一文から、物事の複雑さや大きさに圧倒されずに、肝心なところをテキパキと解決していくことを喩《たと》える成語「目《ムー》無全牛《ウチェンニュウ》」が生まれた。

【遊刃有余《ユウレンユウユ》】

庖丁はさらにその「道」を説く。

「依乎天理《イフテンリ》、批大欲《ピダァユ》、導大款《ドウダアクアン》、因其固然《インチグウレン》、技経肯綮之未嘗《ジジンケンチンツェウェツェン》、而況大軱乎《アェクァンダァグゥフ》！良《リャン》庖歳更刀《ポウスイゲンダ》、割也《ゲェイエ》。族庖月更刀《ズウポウユゲンダオ》、折也《ジェイエ》。今臣之刀十九年矣《ジンチェンツェダオシジュウネンイ》、所解牛数千矣《スォジェニュウシェウチェンイ》、而刀刃若新発於硎《アェダォレンルオシンファウシン》。彼節者有間《ビジェツェウェケン》、而刀刃者無厚《アェダオレンツェウホウ》。以無厚入有間《イウホウルユウジェン》、恢恢乎其於《ホイホイフチウ》遊刃必有余地矣《ユウレンビユウユディイ》、是以十九年而刀刃若新発於硎《シーイシジュウネンアェダオレンルォシンファウシン》。」

――自然の法則に従って、牛の関節の隙間に包丁を入れていけば、太い骨はもちろん、筋脈や経絡にも触れずに解体することができます。腕のある職人ならば、通常一年ごとに包丁を変えます。包丁で筋肉を切るから駄目になってしまうのです。

　また余り腕のない職人となると、毎月のように包丁を変えなければなりません。なぜならば、骨を切ってしまうからです。私が今使っているこの包丁は、もう十九年使っています。解体した牛は数千頭に上りますが、しかし刃は、砥《と》石《いし》で研《と》いだばかりのように鋭利なままです。牛の関節には隙間があるうえ、私の包丁の刃はとても薄い。関節の隙間にこんな薄い刃を入れても泳がせることができるくらい余裕があります。というわけで、十九年間使っても、私のこの包丁は、まるで砥石で研いだばかりのように保てているのです。

　一年ごとに包丁を変える腕のある職人に比べ、庖丁の包丁は十九年間使っていても新品同様である。コツはというと、牛について骨の髄《ずい》まで知っており、解体する際に、骨も筋肉も触らずに、包丁を隙間に泳がせていくだけで、無駄な力を一切使わず、楽々とやり遂げてしまうのだ。

「動刀甚微《ドンダォシンウェ》、謋然已解《ホォレンイジェ》、如土委地《ルトゥウェディ》」――包丁を軽く入れると、牛の骨も肉も土が地面に落ちるが如く、がらっと崩れてしまうという。

「以《イ》無《ウ》厚《ホウ》入《ル》有間《ユウジェン》、恢恢《ホイホイ》乎《フ》其《チ》於《ウ》遊刃《ユウレン》必《ビ》有《ユウ》余《ユ》地《ディ》矣《イ》」——包丁を牛の関節の隙間に泳がせるというこの神技は、のちに「遊《ユウ》刃《レン》有《ユウ》余《ユ》」ということわざになり、高い技術を駆使して、何事も楽々とこなしてしまうことを表す。

高い技術を誇る庖丁だが、決して驕《おご》ることはない。

「毎《メイ》至《チェ》於《ウ》族《ズウ》、吾見《ウージェン》其《チ》難為《ナンウェ》、怵然為戒《チェウレンウェツェ》。視為止《シーウェジェ》、行為遅《シェンウェチー》」——筋肉と骨が入り組んで、包丁を入れにくいところもあります。そんなところに出くわすと、私はいつも細心の注意を払い、じっくり観察しゆっくりと行動します。

技を越えた「道」、つまり法則を心得てこその方法論である。そんな庖丁は日本に渡って包丁になった。

解体ショーを堪能した文恵君は、「善哉《シャンザイ》、吾聞庖丁之言《ウーウェンポウディンツェイエン》、得養生焉《デェヤンシェンエン》」——よし、ワシは庖丁の言葉を聞いて、養生の道理がわかったと満足気に言った。

春に花咲けば、秋に実がなる

【春《チュン》華《ボア》秋《チュウ》実《シー》】

春《しゅん》華《か》秋実《しゅうじつ》

【桃《タオ》李《リー》満《マン》天《テン》下《シャ》】

桃李《とうり》天下に満つ

【春華秋実《チュンボァチュウシー》】

日本では、三月を年度末とし、四月からが新年度の始まりとなっている。学校などの新学期が大概秋に始まるという国が多いなか、この世界とのずれは、グローバル化への妨げになりかねない。世界がより身近になりつつある今日、ものごとを「世界基準」で考えるのが順当なのだろう。東大が秋入学の導入を検討し始めたのだと、報道で知った。

意外なのかもしれないが、中国はこの学期始まりについては世界基準にある。実は私も、四月入学の日本語学校に合わせるために、あと半年で卒業するというところで中国の大学を中退して日本に留学したという苦い思い出がある。半年間というのは、人生半分を過ごした今となっては、一瞬だったように思えるが、二十代の若者にとっては、無駄にしがたい青春そのものの時間である。

「春華秋実《チュンボァチュウシー》」——春にきれいな花を咲かせ、秋に豊かな収穫ができる。春と花、秋と実。すべてが因と果の関係にあるということを示すことわざだ。

出典は陳寿《ちんじゅ》の『三国志《さんごくし》・魏志《ぎし》』の邢顒《けいぎょう》に関する一文「采庶子之春華《ツァイシォズツェチュンホァ》／忘家《ワンジャ》丞之秋実《チェンツェチュウシー》」にある。

曹操《そうそう》の司空掾《しくうじょう》（総務大臣）を務めていた邢顒《けいぎょう》は、病気で辞職したあと、曹操の三男・曹植《そうしょく》の家丞《かしょう》（補佐官）に選ばれた。「徳行堂々邢子昂邢顒《デエシャンタンタンシンズアンシンヨン》」と称えられるほど、実直な人柄でとりわけ徳望が高い邢顒だが、礼節を重んじるあまり、曹植に遠ざけられてしまった。同じ時期に曹植に仕える庶子《しょし》（侍従）の劉楨《りゅうてい》は、文才に恵まれ、特に文辞《ぶんじ》が美しいことで、曹植に好かれていた。

曹植に邢顒の徳行《とっこう》を気付かせるために、劉楨がチャンスを狙って、書面を奉って進言することになった。

家丞・邢顒は北方の賢士《けんし》で、若い頃から高潔な品性の持ち主だとして知られている。私など彼とは相並べる値がないほどのお方である。しかしあなたさまは今、私を特別に礼遇する一方、邢顒と疎遠になっている――。さらに続けた。

「私《ス》惧《ジゥ》観《グアン》者《ツェ》将《ジャン》謂《ウェ》習《シー》近《ジン》不《ブ》肖《シォ》、礼《リ》賢《シェン》士《シ》不《ブ》足《ズウ》。采《ツアイ》庶《シゥ》子《ズ》之《ツェ》春《チュン》華《ホア》、忘《ウン》家《ジャ》丞《チェン》之《ツェ》秋《チュウ》実《シー》。」

――傍観する者に、庶子の文才を好きこのんで受け入れ、家丞の徳行を投げ捨てていると噂されることを、私は危《き》惧《ぐ》しているのだ、と。

ここでいう「春華」はつまり文才であり、「秋実」は徳行を指す。華やかに咲く春華を好んでもよいが、それに比べ地味ではあるが、長い時を経て、雷雨風霜の試練を乗り越えて結んだ実の方を、もっと大切にしなければならないのではないか。

実を持つ一人前の人材（卒業生）を学校から送り出し、また春に向けて花を咲かせようと新しい苗（新入生）を受け入れる、中国の秋入学とはそんな考えも込められているのだ。

【桃李満天下《タオリーマンテンシャ》】

「実りの秋」と聞けばついつい、果実の重みに耐えかねて、枝が低く垂れる果樹が目に浮かぶ。「桃李不言《タオリーブイエン》／下自成蹊《シャズチェンシー》」も「桃李満天下《タオリーマンテンシャ》」も桃と李《すもも》の収穫を喜ぶことわざで、そのうえ、いずれも教師を称えているものである。

桃と李の実が成熟すれば、美味しそうな匂いがどこまでも漂っていく。そんな匂いに導かれ、木の下に人が集まってくるという意味である。

「桃李不言／下自成蹊」——桃と李は何も言わないが、その下には人が集まり、自ずと道ができる。『史記《しき》・李《り》将軍列伝』にあった故事に、匈奴《きょうど》と戦い勝利した李広のことが描かれている。李広は、自らの功績について何も語らず亡くなってしまった。慎み深い人物像に、彼を知る者も知らない者も、その死を強く悼《いた》んだ。以来、「桃李不言／下自成蹊」といえば、黙々と人材育成に心血を注ぐ教師の喩《たと》えになり、やがて「桃李満天下」という語が生まれた。

　毎年のように果実を育む桃の木や李の木は、年月を積み重ねると、桃李（教え子）が――「満天下」――世に溢れる。『資治通鑑《しじつがん》』の記載によれば、女皇帝・武則天《ぶそくてん》の治世では、「不拘一格降人材《ブジュイグェジャンレンツァイ》」――身分出身に拘《かか》わらず人材を登用する、という政策を打ち出し、広く人材を求めた。武姓を追い出し、李姓唐王朝を復興させようと、時の宰相《さいしょう》・荻仁傑《てきじんけつ》がこの政策に乗《じょう》じて、のちに名大臣となった張柬之《ちょうかんし》や姚崇《ようすう》などをはじめ、数十人の人材を推薦した。やがてこの政策は評判になり、「天下桃李《テンシャタオリー》、悉在公門矣《シザイゴンモンイ》」――天下の人材は、みな公の門にある、と賛辞が飛び交った。

　私自身は両親が教師という家庭で育ったせいで、「桃李満天下」と聞くとなぜか親しみを覚える。教師と教え子との関係は、中国ではまだ日本ほどドライではなく、「一日為師《イリーウェンシー》／終生為父《チォンシエンウェフー》」――一日の師は、人生の父である、という考え方は今も根強く残っている。お正月になれば、学生であっても、社会人

であっても、一番最初に恩師の家にあいさつに行く。両親が定年退職して二〇年が経った今も、実家ではお正月の三が日に来るのは、相変わらず両親の教え子がほとんどだ。

人権を重んじる日本では、「平等」が、教師vs教え子の関係だけでなく、すべての人間関係の前提になっている。素晴らしいと思う一方、教師の立場が弱くなったという嘆きもたびたび聞こえてくる。果実としての桃と李と、豊かな実を結ぼうと懸命に頑張る樹そのものを、区別なしに見て良いかどうか、考えものであると私は思う。

自分の頭で物事を考える

【鄭《チェン》人《レン》買《マイ》履《リュ》】

鄭《てい》人《ひと》履《くつ》を買う

【不《ブ》識《シー》自《ズ》家《ジャ》】

自《みずか》らの家を識《し》らず

【鄭人《チェンレン》買履《マイリュ》】

恥ずかしがり屋のせいなのか、買い物するときに、試着を嫌って、気に入った服を見つけたら、いつもその裏地についているサイズの札を確認するだけで買ってしまう。もちろんサイズが合わないことはしばしばあるけれど、それでも家以外のところで服を脱いだり着たりするような面倒は避けたい。

ところが海外では、サイズを表す単位が日本とは異なるため、試着せずに買うと、大変なことになってしまう。アメリカで一度「9」と書かれたズボンを、日本の9号サイズだと思い込んでレジに持っていったことがあった。店員は、私の顔を見て「自分用なの?」と訊《たず》ねた。

頷《うなず》いて見せると、「大きすぎるわよ。あなたなら5か6くらいでいいと思う」。そんな親切なアドバイスに従い、素直に6を試着することに。なんとぴったりだった。

中国の古典・『韓非子《かんぴし》』の中に、「鄭人買履《チェンレンマイリュ》」という故事がある。

「鄭人有欲買履者《チェンレンユウイユマイリュツェ》、先自度其足《シェンズドォチズウ》、而置之其坐《アェジェツェチズォ》。至之市《ジェツェシー》、而忘操之《アェワンツォツェ》。已得履《イデェリュ》、謂曰《ウェイュ》：『吾忘持度《ウーワンチードォ》！』返帰取之《ファングェチュツェ》。」

ときは約二五〇〇年前の春秋時代、鄭《てい》という国に住むある人が、ある時靴を買おうと思いたった。彼は家であらかじめ、自分の足のサイズを計り、メモした。しかし出かける際に、その肝心のメモを椅子に置いたまま忘れてしまった。市の靴屋に行って、靴を手に取った途端に、「あら、サイズのメモを持ってくるのを忘れちゃった」と、すぐに引き返す。しかし、

「及返《ナイファン》、市罷《シバー》、遂不得履《スイブデェリュ》。」

――メモを手に再び戻ってきたら、市はもう終わり、ついに靴を買うことができなかった。

「人曰《レンイュ》：『何不試之以足《フーブシツェイズウ》？』曰《イュ》：『寧信度《ニンシンドォ》、無自信也《ウズシンイェ》。』」

——ことの一部始終を見ていた人が、(多分不思議そうな表情で)訊《たず》ねた。「なぜ自分の足で試着しなかったの?」と。

「自分の足よりは、私はむしろメモを信じる」と、鄭人が(多分頑《かたく》な口調で)答えた。

現実生活の中でも似たようなことが、少なからずある。とりわけ近年インターネットの発達によって、情報も知識も、ほしいと思えば何でも簡単に入手できるようになった。思えば、そんな便利さに甘やかされて、自分の頭で物事を考える機会は、一昔よりは随分と減った気がする。

いつの間にか「私はこう思ったから、こうしたんだ」という言い方をしなくなり、「ネット上で、こう書いてあるから、こうした」というような傾向になりつつある。「寧信度《ニンシンドォ》、無自信也《ウズシンイエ》」——マニュアル人間の鄭人が、靴を買えなかったというこの話は、今の時代を生きるデジタル人間の我々にとっても、教訓にしてもよい言葉ではなかろうか。

【不識自家《ブシーズジャ》】

中国古代の笑い話の中にも一つ、「不識自家《ブシーズジャ》」という靴にまつわる故事がある。

「曩有愚者《ナンユウイエツェ》、常於戸外懸履為志《チャンウフワイシュンリュウエシ》。一日出戸《イリーチェウフ》、及午《ジウー》、忽暴雨《フボウイュ》。其妻収履《チチシウォウリュ》。至薄暮《ジェポウム》、愚者帰《イエツエグエ》、不見履《ブジュンリュ》、訝曰《ヤイュ》：『吾家徙乎《ウージャシーフ》？』徘徊不進《パイホイブジン》。」

――昔、ある愚か者がいた。自分の家であることがすぐわかるように、常に自宅の外に靴を掛けて、目印にしていた。彼が出かけたある日のこと、昼になって突然雨が降って来た。妻が慌てて目印であるその靴を取りこんだ。夕方頃に、帰って来た愚か者は、家の外まで来た。しかし目印の靴が見つからない。「もしかして、我が家は引っ越してしまったのだろうか」と、彼は不安になり、家の前で徘徊《はいかい》するばかりで、入ろうとしない。

なんてバカな人なんだと笑ってしまいそうだが、その一方で、ひょっとして彼は一晩中このまま徘徊し続けるのだろうかと考えると、心配になってしまう。「妻《チ》見《ジャン》而《アエ》怪《グアイ》之《ツ》、曰《イュ》：『是《シ》汝《ル》家《ジャ》、何《フー》不《ブ》入《ルゥ》？』愚《イュ》者《ツェ》曰《イュ》：『無《ウ》履《リュ》、非《フィ》吾《ウー》室《シー》。』妻《チ》曰《イュ》：『汝《ル》何《フー》以《イ》不《ブ》識《シ》吾《ウー》？』愚《イュ》者《ツェ》審《シン》視《シ》之《ツェ》、乃《ナイ》悟《ウー》。」

――幸い妻が、外で徘徊している愚か者を発見した。「あら、帰って来たのに、どうして家に入らないの？」。旦那の「奇行」に、妻は相当訝《いぶか》った声で訊《き》いたに違いない。

「だって靴がないんだよ。靴がなければうちじゃない」。愚か者は臆面なく訳を説明した。

「あなたったら、私のこともわからないの？」。呆れた妻は、（たぶん自分の鼻を指しながら）言った。

愚か者は妻の顔を、まじまじと見てやっと悟った。

結局靴の目印がなくても、愚か者は無事に我が家に帰ることができた。めでたし、めでたしと呟きながら、数年前に私自身が経験したあることを思い出した。

私の本名は「チョウ」と言い、草冠の下に「収」という難しい漢字である。日本にはない漢字なので、来日後「外国人登録証明書」の名前の欄にずっと名字だけを表示し、この難しい漢字を、手書きで裏面の備考欄に記していた。

ある時、証明書の更新通知が来たため役所へ行ったら、氏名の欄に必ずフルネームで書かなければならないというシステムに変わったと告げられた。ならば、アルファベットかカタカナにしてくれと頼んでも、「中国人だから漢字しか使えない」と言われ、結局「収」と表記し、正しい字をやはり手書きで裏面に記した。その身分証明書を使うたびに、自分は誰なのかと自問してしまう。「不識自家」ならぬ、「不識自分」になってしまうのだ。

動物も芸術を享受できるのか

【対《ドウ》牛《ニュウ》弾《タン》琴《チン》】

牛に対して琴を弾く

【黔《チエン》驢《ルユ》技《ジー》窮《チオン》】

黔《けん》驢《ろ》技《わざ》窮《きわ》まる

【対牛弾琴《ドウニュウタンチン》】

東京マラソンは、今年から「ワールドマラソンメジャーズ」に加入し、世界でも高い水準のマラソン大会の一つになったという。テレビ中継を眺めれば、ランナーの中に仮装する人のほか、肌色の種類も、随分と増えたように見受けられた。

それより気になったのは、時々画面に映る、道端のテーブルに積まれた大量のバナナだった。いつかドキュメンタリー番組で、このバナナは、大会のときにちょうどおいしくなるよう、倉庫で保管される間中ずっと歌（ＺＡＲＤ「負けないで」）を聞かせていたのだとか。

バナナに歌？　なんだか中国の、牛に琴を弾いて聞かせたという故事を思い出させるような話ではないか。

「対牛弾琴《ドウニュウタンチン》」ということわざが、漢《かん》・牟融《ぼうゆう》の『理惑論《りわくろん》』に記載されている。

「昔公明儀為牛弾《シゴンメイイウェニュウタン》『清角《チンジォ》』之操《ツェツォ》、伏食如故《フシルグウ》。非牛不聞《フィニュウブウェン》、不合其耳矣《ブフーチーアェイ》。」

——その昔、公明儀《こうめいぎ》という人は、優雅な「清角調」の琴の曲を弾いて牛に聞かせたのだという。しかし、牛は反応せず、音楽を聞く前と少しも変わる様子はなく、草を食べるのに没頭していた。牛に音楽が聞こえていないわけではなく、きっとその音楽が、牛の耳に合わなかったのだろう、と判断した公明儀は、さっそく次の行動に移した。

「転為蚊虻之声《ジゥンウェウェンマウンツェシャン》、孤犢之鳴《グドツェメイン》、即掉尾奮耳《ジデォウウェフンアェ》、蹀躞而聴《デェシェアェティン》。」

——今度は、蚊や虻《あぶ》、それに仔牛などの鳴き声を真似てみたところ、なんと、牛が尻尾を振りながら、耳をそばだてて、辺りを行ったり来たりして聞き入った。

　琴の曲に無反応だった牛は、虫の鳴き音や仔牛の声などという、日々親しんでいた音に興味を示したのだった。

こうした話はほかにも聞いたことがある。日本の牧場で、クラシック音楽を流して和牛を育てるという話である。しかもクラシックを聞いて育った肉と、聞かずに育った肉とでは、味に差があり、前者のほうが断然においしいのだという。

音楽や美術など、芸術に属す文化は、これまで人間しか享受《きょうじゅ》できないものだとされてきた。

公明儀はきっと、そんな考え方に納得いかず、牛を使って実験してみたのだろう。しかし牛は琴の音には反応せず、自然の音に反応した。つまり動物も芸術を享受できるということを証明するには至らなかったのだ。

そのためか、「対牛弾琴」という成語はのちに、愚かな人に深遠《しんえん》な道理を説いて聞かせても、何の効果もなく無駄なことの喩《たと》えとして定着してしまった。

もし公明儀が、日本の和牛を育てる牧場の経営者のように、長い時間をかけて、牛に琴を聞かせ続けた結果、人々がその肉を味わい、琴の音を聞かせる効果を実証することができたならば、このことわざの意味はもっと違うものになっていたかもしれないが……。

人間は自分のことをえらいと思うあまり、どうしても動物を一段下に見るふしがあるけれど、実際、音楽がわかる動物のほか、絵を描く象やら、子守りをする犬やら、賢い動物がいっぱいいるのだが……。

そういえば、日本にも「馬の耳に念仏」という、「対牛弾琴」と同じような意味のことわざがある。

今度、馬にクラシック音楽を聞かせる実験をしてほしいものである。

【黔驢技窮《チエンルウジーチエン》】

動物にまつわる故事は、「唐宋八大家《とうそうはちたいか》」の一人、詩人・柳宗元《りゆうそうげん》の『柳河東集《りゆうかとうしゆう》』にもある。「黔驢技窮《チエンルウジーチエン》」である。

「黔無驢《チェンウルェ》、有好事者船《ユウホウシツェツァン》 載以入《ツァイイルウ》。至則無可用《ジェツェウカェユン》、放之山下《ファンツェシャンシャ》。虎見之《フジェンツェ》、龐然大物《パンレンダァウ》也《イェ》。以為神《イウェシェン》。蔽林間 窺之《ビリンジェンクウィツェ》、稍出近之《シォウチュウジンツェ》、憖憖然《インインレン》、莫相知《モシャンチ》。」

——黔《けん》とは、現在の貴州《きしゅう》地方を指す。もともと貴州には驢馬《ろば》がいなかった。ある物好きが船で驢馬を運んできたが、使い道がなく、山の麓《ふもと》に放ってしまった。すると、初めてこの大きな動物を見た虎は、神物かと思い、その正体を知るために、林の間に身を隠して注意深く観察しながら、徐々に近づこうとした。

「他日《タリ》、驢一鳴《ルュイメイン》、虎大駭遠遁《クダァハイイュンドン》、以為且噬己也《イウェチェシジイェ》、甚恐《シンコン》。然往来視之《レンワンライシツェ》、覚無異《ジュンウイ》能者《ノンツェ》。益習其声《イシチーシュン》。又近出 前後《ユウジンチュウチェンホウ》、終不敢搏《チォンブガンポ》。稍近益狎《シォジンイシャ》、蕩倚沖冒《ダンイチォンモウ》。驢不勝《ルュブシェン》怒《ヌ》、蹄之《ティツェ》。」

——ある日、驢馬が大声で鳴いた。それを聞いて驚いた虎は、食べられてしまうのではないかと怖くなり遠く逃げた。しかしその後行ったり来たりして驢馬を観察していると、何か特別の才能があるようには見えず、やがてその鳴き声にも慣れると、攻めることこそできなかったものの、驢馬の周りをうろついて、近づいてみたり、ぶつかったりしたりしつこく挑発し続けた。さすがの温厚な驢馬も怒って、虎を目がけて蹴《け》りを入れた。

人間がもし驢馬の蹴りを喰《く》らったら、骨折してしまうかもしれない。けれどそれは、虎にとって何ともないことだった。それどころか、却って大喜びした。

「虎因喜《フインシ》、計之曰《ジツエイユ》：〝技止此耳《ジジエツエアエ》！〟因跳踉大㘎《インテオリヤンダアハン》、断其喉《ダンチホウ》、尽其肉《ジチロウ》、乃去《ナイチュ》。」

――「こいつは、蹴りくらいの能しかないじゃないか」と驢馬を見抜いた虎は、跳び上がり吼《ほ》えながら、驢馬の喉を噛みちぎり、肉を食べて、そして去っていった。

かわいそうな驢馬は、怒りを露《あら》わにしても一蹴りが精々《せいぜい》だった。それゆえ、命を落としてしまった。

隠しようもなく、溢れ出すオーラというもの

【捉《ツオ》刀《ダオ》人《レン》】

捉刀人《そくとうじん》

【小《シオウ》巫《ウ》見《ジエン》大《ダア》巫《ウ》】

小巫《しょうふ》、大巫《たいふ》に見《みま》ゆ

【捉刀人《ツオダオレン》】

ゴーストライター。日本の国語辞典では、「単行本などで、著者本人に代わり、陰で文章を書く人、代作者」と解釈している。これを中国語で「捉刀人《ツオダオレン》」という。

出典は、『三国志《さんごくし》』でお馴染みの曹操《そうそう》の逸話にあった。

「魏《ウェ》武《ウー》将《ジャン》見《ジェン》匈《シォン》奴《ヌ》使《シ》、自《ズ》以《イ》形《シン》甚《シン》陋《ロウ》、不《ブ》足《ズウ》雄《シォン》遠《イエン》国《グォ》。使《シ》崔《ツウ》季《ジ》珪《グェ》代《ダイ》、帝《ディ》自《ズ》捉《ツオ》刀《ダオ》立《リ》床《チウン》頭《タオ》。」

――匈奴《きょうど》からの使節《しせつ》と接見《せっけん》することになっていた曹操は、もともと顔にコンプレックスを持っていたらしい。とりわけ、ずっと中原を狙う国・匈奴の使節と接見する際には、威厳のある顔で、怖がらせ、服従させることが重要だと考えた。自分のこの顔では、威厳が足りないのではないかと悩んだ末、堂々たる風采を有するイケメン武将・崔季珪《さいきけい》を自分の椅子に座らせて、そしてその傍《かたわら》に自ら刀を持って立つことにした。つまり今でいう「ＳＰ」に装って、接見を見守ると言うわけだ。

果たして、この「見た目作戦」は、功を奏したのだろうか。

「既畢《ジビ》、令間諜問曰《リンジェンデェウェイエ》：『魏王何如《ウェワンフール》？』匈奴使答曰《シォンヌイダアイュ》：『魏王雅望非常《ウェワンワワンフィチャン》、然床《レンチウン》頭捉刀人《トウツォダオレン》、此乃英雄也《ツナイインシォンイエ》。』」

――接見は無事に終わった。曹操は諜報員を遣い、匈奴の使節に「魏《ぎ》王の印象はいかがですか？」と訊《たず》ねると、次のような答えが返ってきた。

「魏王は並外れの風格がある素晴らしいお方です。しかし王座の横で刀を持って立っていた人は、英雄ですな」

見た目は格好良くなくても、英雄らしい中身――気概だったり、度胸だったり、教養だったり――は、隠しようもなく自然に溢れてくる。これこそ、オーラというものなのだろう。栄養にせよ、美容にせよ、化粧にせよ、ファッションにせよ、イケメンを育てる環境が、かつてないほど素晴らしく整えられている現代だが、逆にオーラのある人が、一昔前より少なくなったように感じるのは、なぜなのだろう。

ちなみに、刀は、今ではもっぱら武器を意味するが、実は竹簡《ちくかん》が使われていた時代には、筆と同じ意味も持っていた。古代中国に「刀筆隷《とうひつれい》」という役職があったほどだ。今でいうところの、記録する人、あるいは速記係のことで、皇帝が大臣を集めて国政を審議する際、その発言を記録する仕事である。この「刀筆隷」の役割も、創作ではないにしろ、ある種、自分のためではなく、誰かほかの人のために、ものを書くことになろう。そして曹操のこの逸話が知られるようになってからは、代役を務めることの中でも、とりわけ人に代わって書物を創作することを指すようになった。

ところで、「SP」が本物の英雄だと、匈奴の使節に見抜かれた曹操は、「魏《ウェ》武聞之《ウーウェンツェ》、追殺此使《ツイシァッシ》」——これを許せず、結局その使節を殺したのだった。「捉刀人」という職業は、やはり、他人に明かされてはいけないのだった。

【小《シ ョ ウ》巫《ウ》見《ジェン》大《ダァ》巫《ウ》】

右の「捉刀人」とほとんど同じ時代に生まれた言葉がもう一つある。「小《シ ョ ウ》巫《ウ》見《ジェン》大《ダァ》巫《ウ》」。「巫師《ウ シー》」いわゆる祈祷《きとう》師のことで、術を使って人々の悩み、問題を解決する職業だ。科学的な考え方がまだ普及していなかった太古の中国で、病にかかったときや運が落ち込んだとき、あるいは家を作りたいと考えるとき……、活躍した。人々は何でもかんでも、巫師に頼っていた。けれども、巫師の中には、腕の良い者と良くない者がいる。効き目の差によって、有名になった者は大巫と崇められ、無名の者は小巫と呼ばれていた。

後漢三国時代、魏《ぎ》に出仕していた陳琳《ちんりん》には、呉《ご》の孫権《そんけん》の策士として働いた張紘《ちょうこう》という親友がいる。二人とも文才に優れ、互いに慕い合って、いつも手紙のやり取りをしていた。

ある時、張紘が韻文《いんぶん》を作った。上出来で自分でも気に入ったため、陳琳に送ることにした。韻文を読んで感心した陳琳は、さっそく魏の名士を招き、宴会を開いた。席上、親友の韻文を出し、「これは私の親友・張紘が書いた文章ですよ」と、来賓《らいひん》に回して読ませた。

それからしばらくして、張紘も陳琳の書いた「武庫賦《ウクーフ》」と「応機論《インジロン》」の二編を読んだ。「素晴らしい」と激賞して、居ても立っても居られず、すぐ筆を握り、自分の感想を手紙に書いて陳琳に送った。

尊敬している親友に評価され、素直に喜んだものの、相手と比べて、もっと努力しなければと痛感した陳琳は、張紘への返信（「答張紘書」）の中で、「今《ジン》景興在此《ジンシンザイツ》、足下与子布在彼《ズウシャユズブザイビ》、所謂小巫見大巫《スオウエシオウウジエンダアウ》、神気尽矣《シエンチジンイ》」と書いた。

――私はこの閉塞《へいそく》の地にいて、（文人墨客と交流する機会が極めて少なく）、（文化の中心地で生活する）あなたと子布《しふ》（張昭――呉の大臣）に比べると、まさに小巫が大巫に遭遇したようで、面食らって、術を施すどころでなくなってしまいます。

そんな美談から生まれたこの熟語は、のちに、相手のレベルには遠く及ばないという謙遜《けんそん》の意味を表す際に用いるようになった。ただ、ここでいう「レベル」とは、良い、悪いにかかわらず、用いられる。

たとえば「オレオレ詐欺」の被害金額がかつてないほど大きく、「前年の比ではない」と表現するときなども、前年に比べて被害金額は「小巫見大巫」だ、のように使ったりもするのである。

孟母が今の時代を生きるとしたら

【孔《コン》融《ロン》譲《ラン》梨《リ》】

孔融《こうゆう》梨を譲る

【孟《モン》母《ム》三《サン》遷《チエン》】

孟母三遷す

【孔《コン》融《ロン》譲《ラン》梨《リ》】

最近雑誌をめくると、自分の子ども時代のエピソードや、あるいは自ら子育てする日頃の心得を語る有名人の記事がよく目につく。子どもをどう育てればよいかは、いつの時代になっても親を悩ませる、大変なテーマであり続けているようだ。

中国でその昔、子どもの啓蒙《けいもう》教育に使う教材と言えば、『三字経《さんじきょう》』『千字文《せんじもん》』という、儒教の思想を読みやすくしたものだった。私が子どもの頃、儒教思想は封建的な害悪として批判されたため、学校ではもっぱら『毛《もう》主席語録』や『毛沢東詩詞《もうたくとうしし》』を勉強させられていたが、各家では密かに、その「封建的な害悪」に頼る親も少なからずいた。

『世説新語《せせつしんご》』にあった「孔融譲梨《コンロンランリ》」は、そのような親たちに最も活用された故事の一つだ。

「融《ロン》四《ス》歳《スイ》、与《ユ》兄《シォン》食《シ》梨《リ》、輒《チェ》引《イン》小《シォウ》者《ツェ》。人《レン》問《ウェン》其《チ》故《グウ》。答《ダァ》曰《イュ》：小《シォウ》児《アェ》、法《ファ》当《ダン》取《チュ》小《シォウ》者《ツェ》。」

――後漢の文学者である孔融《こうゆう》は、孔子《こうし》の第二十代の子孫である。孔融が四歳の時に、家で祖父の六十歳のお祝いを祝うため、客を大勢招いて立派な宴会を開いた。接待に忙しい母は、梨をいっぱい載せたトレーを孔融に渡して、客に配るように言いつけた。孔融は客の年齢と身分に合わせて大きい梨から配ったため、最後に自分に残ったのは一番小さい梨だった。

大勢の客人を迎えてどたばたする中、普通なら、梨の大きさを気にしながら客に配る子どもはいないだろう。あるいはいたとしても、「この子えらいね」と一言ほめるぐらいで終わってしまうだろう。しかし、孔融の父は、息子の利口さに気づいた。

「なぜ自分に小さい梨を残したのか」と父に訊《き》かれ、たった四歳の孔融は「一番小さいぼくは、一番小さい梨を食べるのが当然です」と返したのだった。

のちにこの話は、目上の人を尊敬する好例として、「融四歳《ロンスースイ》、能譲梨《ノンランリ》」の六文字に集約され『三字経』に載せられた。

私が小さい頃は、果物なんてめったに食べられないほど貧しい時代だった。たまにテーブルにリンゴがあると気付き、喜んで手を伸ばしたら、母はそんな手を遮って、さりげなくこの故事を語り出し、仕舞いに「一人、一個ね」と言う。リンゴに伸ばしていた私と兄妹たちの手は、まるで魔法にかかったかのように、大きいリンゴから小さいリンゴへと方向転換するのだった。

数年前、帰国した折に買った新聞に、「譲梨」という題の漫画が載っていた。二つの梨と向かい合う孫とお祖父ちゃん。先に手を伸ばした孫が小さい方を取った。お祖父ちゃんが喜んで「おまえも孔融のようなお利口さんになったな」とほめた。笑う孫が、大きい梨を指さす。次の絵を見ると、大きい方の梨から虫が頭を覗かせているではないか。しかも孫は誇らしげな表情でお祖父ちゃんに頷《うなず》いていた。

【孟母三遷《モンムサンチェン》】

子どもに、よい子どものお手本を見せて教育するのと同じように、教育ママには恰好の教育ママ——孟子《もうし》の母親——のためのお手本がある。

息子を、よい環境で育てたいとばかりに、孟母《もうぼ》が三回も引っ越したという故事は有名である。前漢・劉向《りゅうきょう》が書いた『烈女伝《れつじょでん》』の中の「孟母三遷《モンムサンチェン》」という故事である。

「昔孟子少時《シモンズシォウシ》、父早喪《フズォサン》、母機氏守節《ムチアンシシォジェ》。居住之所近於墓《チュジュウツェスォジンコム》、孟子学為喪葬《モンズシュウウェサンザン》、躄《ビ》踊痛哭之事《ドウトンクツェシ》。」

——孟子は幼い頃に父親を亡くし、操を守る母・機氏と一緒に父の墓地の近くに住んでいた。そしていつも、会葬《かいそう》する人々の真似をして、地に伏せて号泣したりして遊んでいた。それを見て、孟母は、「此非吾所以処吾子也《ツフィウースォイチュウーズイエ》」——ここは我が子を育てるところではない、と考え、引っ越した。
新しい家は市場の傍《そば》だった。すると小さい孟子は、「又《ユウ》嬉《シ》為《ウェ》一《イ》人《レン》炫《シュン》賣《マイ》之《ツェ》事《シ》」――商人の真似をし始めて、商いの駆け引きを真似る遊びをするようになった。儒教社会で、商人は最も軽蔑《けいべつ》される職業だったという時代。孟母は再度引っ越した。

今度選んだ家は、学校の傍だった。「孟《モン》子《ズ》乃《ナイ》嬉《シ》為《ウェ》俎《ズウ》豆《ドウ》揖《ジ》譲《ラン》進《ジン》退《トウ》之《ツェ》事《シ》」。――孟子は、学校を出入りする儒教者たちが、お辞儀して挨拶を交わす様子を演習して、礼儀作法を見習うようになった。「此《ツ》可《カエ》以《イ》処《チュウ》吾《ウー》子《ズ》矣《イ》」――ここそ、我が息子が住むべきところだと、孟母はようやく胸を撫《な》で下ろし、定住することにした。

確かに子育てに適す、適さない環境があることは否《いな》めない。しかし情報時代である今日、いくらよい環境に引っ越したからと言って、ひとたびテレビをつければ、よきものであれ、悪しきものであれ、市井《しせい》ではありとあらゆるものが目に飛び込んでくる。そんな中で礼儀などは、大人だって堅苦しいと感じてしまい、そのせいか、お笑い番組が大人気だ。お笑い芸人のばかげた真似をするのが、子どもの間で流行するのも仕方ない。

ふと、もし孟母が今も生きていたらどうするだろうと考える。テレビが視聴できない山の中に引っ越すか、いっそのこと、教育ママとして、バラエティー番組に出て辛口のコメンテーターになったかもしれない。

そして真似するのに長《た》けた孟子は、時代に順応して一流のものまねタレントにでもなっていただろう。

ちっぽけな自分を思い知ること

【望《ワン》洋《ヤン》興《シャン》嘆《タン》】

洋を望んで嘆きを興《お》こす

【危《ウエ》如《ル》累《レイ》卵《ウウン》】

危うきこと累卵《るいらん》の如し

【望洋興嘆《ワンヤンシャンタン》】

この夏のテレビニュースでは、集中豪雨で水浸しになった街を写すシーンが多かった。それを目にして心配でならず、「望洋興嘆《ワンヤンシャンタン》」という語が脳裏に浮かんできた。

「望洋興嘆」——もともと、大きな海を見て自分がちっぽけであることに気づいて嘆くことを表す成語だったが、今は身に迫りくる危機に、対処する術もなく、嘆くばかりでいる、という意でも用いられている。

出典は、『荘子《そうじ》・秋水《しゅうすい》』の一節、「于是焉《ウシエン》、河伯始旋其面目《フポシシュンチメンム》、望洋向若而嘆《ワンヤンシャンルォアエタン》曰《イエ》：野語有之曰《イエイユユウツエイユ》、聞道百《ウエンドウバイ》、以為莫己若者《イウエミジルォツエ》。我之謂也《ウォツエウエイイエ》。……」

河伯《かはく》とは、中国二番目の長さを誇る黄河の伝説の神である。

「秋水時至《チュウスイシジェ》、百川灌河《バイチウングウンフ》」

——秋になるたび、大小様々な河から水が黄河《こうが》に流れてくる。黄河も大河らしく、それらを懐に受け入れながら、滔々《とうとう》として海に向かうのだった。

「涇《ジン》流《リョウ》之《ツェ》大《ダア》、両《リャン》涘《シ》渚《チュ》崖《ヤ》之《ツェ》間《ジェン》、不《ブ》辯《ビン》牛《ニュウ》馬《マ》。于《ウ》是《シ》焉《エン》、河《フ》伯《ポ》欣《シン》然《レン》自《ズ》喜《シ》、以《イ》天《テン》下《シャ》之《ツェ》美《メイ》為《ウェ》尽《ジン》在《ザイ》己《ジ》。」

——流れていくほど、河はどんどん大きくなり、両岸の山間の景色を眺めても、大群を成す動物たちの姿が、それが牛か馬かを識別できないほどにぼやけて見えた。河伯は欣然《きんぜん》と喜び勇んだ。天下の全ては己の懐《ふところ》にあるのだ、と。

そんな河伯が向かった先は海だ。北海（今は渤海《ぼっかい》という）の入り口に来て、目を東に向けると、一面を望めど海水ばかりになった。「海って俺よりもずっと大きいじゃないか！」。驚いて暫《しばら》く茫然《ぼうぜん》とした河伯は、表情を一変させて、北海の神・「若《じゃく》」に嘆いた。「『人よりは何もかも知っていると思い込んでいる』愚か者とは、まさに私のことを言っているようだ」

「今《ジン》我《ウオ》睹《ド》子《ズ》之《ツェ》難《ナン》窮《チォン》、吾《ウー》非《フィ》至《ジェ》於《ウ》子《ズ》之《ツェ》門《モン》、則殆矣《ツェダイイイ》、吾《ウ》長《チャン》見《ジェン》笑《シォウ》於《ウ》大《ダア》方《ファン》之《ツェ》家《ジャ》。」

——あなたのところに来るまで、この世に自分よりも大きい海というものがあるとは知らず、危うく世の笑いものになるところだった。

北海の神・「若」もまた河伯に笑いかけながら、説教し始めた。

「井鼃不可以語於海者《ジンビエイブカエイイュウハイツェ》、拘於虚也《チュウシュイエ》。夏虫不可以語於氷者《シャチュンブカエイイュウビンツェ》、篤於時也《ドウウシイエ》。曲士不可《チュシブカエ》以語於道者《イイュウドウツェ》、束於教也《スウウジョウイエ》。今爾出於崖涘《ジンアエチュウヤシ》、観於大海《カウンウダアハイ》、乃知爾醜《ナイチアエチォウ》、爾将可世語大《アエジャンカエシイュダア》理矣《リイ》。」

――蛙とは、海の大きさについて語れない。一生暗くて狭い井戸の底に暮らすやつらだもの。夏の虫に、氷について話しても仕方ない。冬があることさえ知らないんだから。無学の学士と哲学について論ずるのもナンセンスだ。今あなたとこうして話すことができるのは、あなたが黄河から海に出て自らのちっぽけさに気づいたからだ、と。

今年の異常気象について報道に頻繁《ひんぱん》に出てくる言葉は、「観測史上初めて」だ。観測以来百三十年以上経って初めての出来事に対しては、「望洋興嘆」といった気持ちにもなるだろう。地球温暖化による自然災害の規模は、これからも大きくなっていきそうだ。もはや手を拱《こまね》いて「望洋興嘆」するしか、私たち人間はできないのだろうか。

【危如累卵《ウェルレイウウン》】

自然災害もさることながら、昨今の中東情勢をはじめとして、平和を脅《おびや》かすようなことが世界のあちこちで起きている。目下《もっか》の穏やかな暮らしを噛みしめながらも、戦々恐々《せんせんきょうきょう》として日々のニュースに注目している。

中国春秋時代に晋《しん》という国があった。当時の国王の晋霊公《れいこう》は、自らの享楽を貪るあまり、国の財政難をそっちのけにして、千金（大枚）を投じ九合塔を建てる計画を進めていた。反対する者が出てくることを見越して、更に「敢有諫者斬《ガンユウジャンツェジェン》！」——私を諫《いさ》める者を斬首する、という勅諭《ちょくゆ》も出した。

なんとしても霊公を止めさせなければと、荀息《じゅんそく》という大臣が謁見《えっけん》にやってきた。警戒する霊公は、荀息の顔を見るや、「九合塔のことで諫めるなら、殺すぞ」と釘を刺した。

「大臣不敢諫也《ダァチェンブガンジェンイエ》。臣能累十二博潟《チェンノンレイシアェボシ》、加九鶏子其上《ジャジュウズチーシャン》。」

――荀息は至って落ち着き払った様子で、「臣は諫めたりはしません。ただ陛下に十二枚の囲碁盤を積み上げて、その上に九個の卵を立てるという技を見せたいと思って参りました」と申し上げた。

ほっとした王が承諾するのを待って、荀息は技を披露し始めた。積み重ねた十二枚の囲碁盤の上に、卵を一個、二個と立てていく。その手つきはどれも危なっかしく、震え一つで卵がすべて割れてしまいそうな場面もあったりして、見ている霊公ははらはらして息も乱れて、「危哉危哉《ウェツァイウェツァイ》！」――危ない、危ない、と連呼した。

「此殆不危也《ツダイブウェイエ》、複有危於此者《フユウウェウツツェ》。」

――これは危ないうちに入りません。これよりずっと危ないことがあります、と荀息が言う。

これよりも危ないこと？　戸惑う霊公は、「願見之《イュンジェンツェ》」――教えてほしい、と言った。これはまさに荀息の思うツボであった。

国庫が空っぽであるうえ、周りの国からも今か今かと出兵するチャンスを狙われている今、九合塔を建設しても、塔が完成するより先に国が滅びてしまうではないか、と。荀息の言葉を聞き、霊公ははっと悟り、ただちに建設を取りやめたのだった。

昨今《さっこん》の日本では、危機的な情況に陥っているのに、自覚しない政治家が多くなる一方、それを悟らせる技を持つ人が減っている印象を受けてならない。

今も昔も、壁に耳あり

【隔《ゲエ》墻《チャン》有《ユウ》耳《アエ》】

墻《かき》を隔《へだ》てて耳あり

【防《ファン》不《ブ》勝《シオン》防《ファン》】

防げども防ぐに勝《た》えず

【隔《ゲェ》牆《チャン》有《ユウ》耳《アェ》】

その昔、二人のコソ泥が近所で豚を盗み、それを市に持っていき現金化したあと、村の外の人気《ひとけ》の少ない厠《かわや》の裏に隠れて、取り分を巡って争いはじめた。あろうことか、ちょうどそのとき、厠の中で辺りをパトロールする県衙《けんが》（県の役所）の捕頭（捕吏《ほり》の頭）が用を足していた。

耳に入ってきた男たちの会話を、捕頭は最初、さほど気に留めなかったに違いない。しかし聞いているうちに、「豚を盗んだのは俺だから、金を多めにもらうのが当然だろう」だの、「いやいや、豚を現金に換えるのも、すげぇ危ないことだぞ。多くもらわんとやってられねえよ」……、かなり怪しい話になってきたではないか。

しゃがんだままの捕頭は、耳を澄まし、二人のコソ泥が、豚で得た二百文の銅銭を、百文ずつ分けて決着するまでに、盗みの一部始終や二人の名前などをしっかり聞いて暗記したうえ、おそらく隙き間から二人の顔も、覗き見して特徴を覚えたに違いない。その後ひそかに役所に戻り、捕まえるよう手配したのだった。

そうとも知らずに、銅銭百文を懐に忍ばせて、別れた二人のコソ泥は、しめしめと思い、それぞれ帰っていった。そして家に入って落ち着く間もなく、突入してきた捕吏たちに捕まり、役所に連行されてしまった。

厠の裏で別れてまだ幾分も経っていないのに、二人が再び役所で顔を合わせることになった。その途端、「お前が裏切ったのだな!!」と申し合わせたようにお互いに顔を見合わせて責め合い始めた。そのとき、両手を後ろで組んだ捕頭が登場する。

「盗んだ豚で得た金は百文ずつだってな。出しなさい」と一喝した。

戸惑いつつも、銅銭を出そうとしない二人に、「厠で、お前らのやり取りを全部聞いていたんだぞ。隔墻有耳《ゲェチャンユウアェ》（壁に耳あり）ってやつだ」と、捕頭が言って高笑いしたのだった。

「隔墻有耳」――は、この民間に伝わる話よりずっと昔、管仲《かんちゅう》という人が書いた『管子《かんし》・君臣《くんしん》下』にある、「墻有耳《チャンユウアェ》、伏寇在側《フコォザイツェ》。墻有耳者《チャンユウアェツェ》、微謀外洩之謂也《ウェモワイシエツェウェイエ》」――壁に耳とは、壁があるところであれば、ひそかにどんな図《はか》り事をしても外に漏れてしまうこと、の喩《たと》えの一文を語源としたことわざだ。

この言葉を頭において、秘め事を図る者たちは、大抵声が壁に響かないようにこもって話すか、外に見張りを置くかの措置を取るのだった。でもエジソンをはじめとする近現代の偉大なる発明家たちが、通信技術を発展させてからというもの、壁を厚くしようが、見張りを置こうが、秘密を外に漏らさない保証は得られなくなってしまった。

最近でもアメリカのNSAが、ドイツのメルケル首相の家の壁を物ともせず、私用電話を何年もの間、傍受《ぼうじゅ》し続けていたというではないか。今日の技術では壁に耳を当てなくても、地球のどんな隅っこにいる人間の秘密でも、知ろうという気になれば、聞くことができるのだ。しかもスノーデンのような「裏切り者」さえいなければ、聞かれていることを相手に気づかれない可能性も高い。

【防《ファン》不《ブ》勝《シォン》防《ファン》】

盗聴され、さすがのメルケル首相も怒り心頭《しんとう》の様子で、「アメリカの行為は信頼を裏切るもので、重大な結果を招くことになる」と抗議した。これに対し、アメリカ側は、「友だちを裏切るようなことはしていません」と疑惑を否定した。

人間においても国においても、友だちや身内に裏切られることほど、最悪なことはない。なぜならば、それらの人たちは信頼する相手、つまり何でも話すことができ、心を許せる相手ということになる。だから警戒しようとする考えはははなからなく、秘密があろうがなかろうが関係ないし、また相手がまさか自分に悪さをするなんて考え及ばないだろう。

ドイツのメルケル首相にとってアメリカは友だちであり、アメリカのNSAにとってスノーデンは身内になる。でもこの両例においては、警戒していなかったとも言い難い。むしろ警戒してもしきれなかったと言った方が正しいかもしれない。これを中国語で、「防不勝防《ファンブシォンファン》」——防ごうにも、どうにも防ぎようがないこと、と表現する。

つまり、相手がはっきりと敵だとわかっていれば、秘密をもらさないための防ぎ手は考えられるかもしれない。しかし友人や、一日の大半を一緒にいる身内となると、そうした措置を取れば取るほど、「あの人は、何か秘密を持っている」と感じ取られ、却って詮索されてしまうような事態を招くことになるかもしれないし、「この私という親友に、隠し事をするとは」と思われたら、関係が壊れてしまうリスクだってある。

また人間関係が壊れるくらいで済む程度の秘密ならまだよい方なのだが、自分の命を危険にさらしてしまうこともある。右の例を見ても、アメリカの「盗聴」の秘密をばらしたことでスノーデンは何もかもを捨てて亡命中だし、アメリカとドイツの関係も微妙にこじれているようにも見える。

平和で、友人とも身内とも仲良くいるのには、基本的には秘密を持たず、また人様の秘密は無闇に知ろうとしない方がよいのかもしれない。

失敗の原因を正せば、やり直しはきく

【亡《ワン》羊《ヤン》補《ブ》牢《ロウ》】

亡羊《ぼうよう》補《ほ》牢《ろう》

【弄《ノン》巧《チオウ》成《チエン》拙《チウ》】

巧《こう》を弄《ろう》して拙《せつ》と成《な》る

【亡羊補牢《ワンヤンブロウ》】

失敗した人を慰める時、中国では、「亡羊補牢《ワンヤンブロウ》」ということわざを使う。

――失敗の原因になった誤《あやま》ちを見つけ出し、それを正したうえで、またやり直しても、遅いということはない、という意である。このことわざの語源は、前漢・劉向《りゅうきょう》の『戦国策《せんごくさく》』にある。

戦国時代、楚《そ》の襄《じょう》王は、国事に関心なく公務をそっちのけにして、毎日のように王宮で嬪妃《ひんひ》（宮女）たちと遊びに耽《ふけ》っていた。国力が日に日に衰退していくのに加え、秦《そう》をはじめとする周りの強国が楚を攻めようと機会を窺《うかが》っているというのに……。それを見かねた大臣の荘辛《そうしん》は、「王様がこんなことを続けていたら、楚国が滅びる日を見るに違いない」と襄王に苦言を呈した。

ちょうど遊びが盛り上がっていたところに、大臣にそんな興《きょう》ざめな進言をされた襄王は、「おまえは楚国を呪うのか」と怒り出した。

「とんでもございません。私は楚国が置かれた情況を重々承知しております。だからこそ、王様にこのような進言をしました。もし殿様が、私の言葉をお聞き入れくださらないのなら、暫《しばら》く身を引いて、趙《ちょう》国に行って住むことをお許しください」

楚に迫り寄る危機を、自らの身を以《もっ》て進言しなければ、襄王は覚醒しないだろう。そう悟った荘辛は、意を決し、趙国に逃れた。

案の定、そのわずか五か月後、秦《しん》国は楚を攻め始めた。何ら防衛準備も施されていなかった都の郢城《えいじょう》は、いとも簡単に陥落されてしまった。なんとか無事に逃げ出して、近くの城陽《じょうよう》に辿りついた襄王は、荘辛の進言《しんげん》を思い起こして、後悔した。さっそく人を遣い、荘辛を趙国から召還《しょうかん》した。

「あなたの進言を聞き入れなかったため、今日のようなざまになってしまった。至極《しごく》後悔しておるが、まだ挽回の方法はあるのか?」と襄王が訊《たず》ねる。

だが荘辛は、襄王の問いには答えず、ある羊飼いの物語を語り始めた。

ある朝、羊飼いが、いつものように羊を数えると、一頭足りないことに気付いた。羊小屋を調べて見ると、なんと大きな穴が空《あ》いていた。どうも夜のうちに、狼が穴から入ってきて、羊を盗んでいったようだった。

早く穴を塞がなきゃ、と隣人に勧められた羊飼いだが、ショックのあまり「今さら穴を塞いでも、取られた羊は帰ってこない」と、やる気を起こさなかった。が、翌朝起きて見ると、羊がまた一頭いなくなっていた。羊飼いは悔しくなって、早速穴を塞いだ。以来、羊がいなくなるようなことは、二度と起きなかった。

「亡羊補牢《ワンヤンブロウ》、未為遅也《ウェウェチイエ》」――羊が取られてから、羊小屋を直しても、決して遅すぎるということはない。

物語を聞いて、襄王はやっと国を再建することを決心した。

【弄巧成拙《ノンチォウチェンチウ》】

程度や頻度は異なるかもしれないが、まったく過ちを起こさないと自信を持っている人間などはいないだろう。というか、うまくやろうとしていても、時と場合によって、却《かえ》ってしくじってしまうことも多々ある。

宋《そう》の時代、黄庭堅《こうていけん》が書いた『拙軒頌《せつけんそう》』に、それを物語る「弄巧成拙《ノンチォウチェンチウ》」の物語がある。

――北宋《ほくそう》時代、人物画に長《た》ける画家、孫知微《そんちび》がいた。あるとき、依頼を受け「九曜星君図」を描き始めた。繊細な線が、一本また一本と引かれていくうちに、やがて菩薩《ぼさつ》や雲、水曜星君、そして水晶《すいしょう》瓶を持つ童子などの輪郭が浮かび上がってきた。線描が終わり、次は墨で着色しようとしたとき、一人の友人がやって来て、孫知微に酒を飲みに行こうと誘った。

友人の誘いを断るわけにも行かず、筆を置いた孫知微は、残った作業を、弟子たちに託した。線に沿って色をつけるだけで良い、と。

師のそんな言葉に従い、弟子たちは早速作業を手分けして取りかかろうとするが、突然「待って」という声が上がった。振り向くと、そこには知ったかぶりする癖のある、童仁益という名の弟子が、腕を組んで、絵をまじまじと眺め、「この絵には、足りないものがある」と言いだした。

そんな言葉を受け、ほかの弟子たちは、いま一度絵を見たが、何が足りないのか一向にわからなかった。

先生は普段、瓶を描くとき、中に必ず花を挿《さ》すではないか？　しかしこの絵には、瓶だけで花がない。花を描いてからじゃないと色着けしてはだめだ。

そう言いながら、童は筆を取って花を描き始めた。程なくして蓮の花が現れた。それからようやく着色をし始めた。全体が薄い墨色を基調とした絵に、真っ赤な蓮の花が異彩を放つのだった。

帰宅した孫知微は、ゆえなく絵に現れた花を見て苦笑いして、「弄巧成拙」と嘆いた。

絵の中の水晶瓶は、水曜星君が、水の中の妖怪を降伏させるために使う鎮妖瓶であるのに、花の出現によって絵は台なしになってしまった。

ありもしない思い込みの「学識」を顕示し、しなくても良いことをしたため、却《かえ》ってその無知が露《あら》わになってしまった例である。最近、テレビによく映る「謝罪」の場面でも同じ現象が見られる。言い逃れをしようとして、却って辻褄《つじつま》が合わなくなり、窮地に追い込まれていく様子こそ、「弄巧成拙」なのだ。

人生は駿馬が駆け抜けるがごとく

【白《バイ》駒《ジュ》過《グォ》隙《シ》】

白駒《はっく》、隙《げき》を過ぐ

【一《イ》枕《チェン》黄《ホウン》粱《リャン》】

一枕黄粱《こうりょう》

【白駒過隙《バイジュグォシ》】

時間が経つのは速い。百年の人生でもほんの一瞬で終わってしまうことを表現することわざが、中国語にはたくさんある。しかもどれも「時間を大事にしなければ」と悟らせる教訓談のような物語付きなのである。にもかかわらず、それらの教訓をさして気にすることなく、読んでおしまいにしてしまう人は、昔も今も多くいる。私もその一人だ。

『荘子《そうじ》・知北遊《ちほくゆう》』に記載された「白駒過隙《バイジュグォシ》」ということわざを思い出す。孔子《こうし》が老子《ろうし》を訪ねた故事から生まれた言葉だ。「適周問礼《シシュウグウシ》」――礼儀作法について老子に学ぶため、ときの都であった洛陽《らくよう》に行った。そんな礼ばかり重んじる孔子に、老子は人生は短いよと感慨《かんがい》深く諭した。人間が生きて死ぬというサイクルは、自然の法則であり、死んでいく者がある一方、生まれてくる者もいる。

「人生天地之間《レイシェンテンディツェジェン》、若白駒之過郤《ルォバイジュグォシ》、忽然而已《フレンアェイ》」と嘆いた。
――人が天地の間で生きることは、白駒（駿馬）が隙き間を駆け抜けるようで、一瞬で終わってしまうのだから、（以下は孔子に代わって、筆者が悟ったことであるが）「くだらない礼儀なんかに構わないで、時間をもっと有意義なことに使った方がよいのでは……」。

だが、師の意をくみ取れなかった孔子は、魯《ろ》（現在の山東省南部）に帰って、「礼儀」の道をまっしぐらに突き進む。それから千年以上経って、この語の醍醐味《だいごみ》を、余すところなく生かした人物がいた。宋《そう》の開国君である宋太祖《そうたいそ》、趙匡胤《ちょうきょういん》だ。

紀元九六〇年、趙匡胤は、石守信《せきしゅしん》など勇猛な部下の武将たちに推《お》されるようにして、「陳橋《ちんきょう》の変」を起こし皇帝になったのは良いが、いつか部下が自分に倣《なら》ってクーデターを起こし、皇帝の座を奪われるのではと不安でならなかった。
そこで武将たちの兵権（軍を指揮する権力）を取り上げることを思いついた。

早速、趙匡胤は、皇宮で宴会を開いた。そして美酒を酌《く》み交わしながら、ご馳走《ちそう》を堪能し、大いに盛り上がってきたのを見計らって、「実は朕《ちん》は、最近眠れないんだ」と切り出した。

ほろ酔い気分の武将たちの中で、皇帝の不眠症状について真剣に耳を傾けようとする者はなく、「大局が安定していることですし、陛下も穏やかに皇帝の座にいればいいではありませんか？　何一つ心配するようなことはありませんか」と慰めの言葉をかけた人がいたくらいであった。

しかし趙匡胤は、「皇帝の座を奪おうと企《たくら》む人は、お前たちの中にいないかもしれんが、お前たちの部下の中にいないとは限らないだろう」と言った。

これを聞いて、さすがに武将たちは酔いからさめた。慌てて床に跪《ひざまず》いて、「罪」が許されることを乞《こ》い、「何か良い道をお示しくださいませ」と趙匡胤に述べた。

それに対し趙匡胤は、人生は「白駒過隙」と言って、金ならいくらでもやるから、良田でも買って、老後を楽しんだらいい。その代わり、兵権を放棄せよ、と言い放った。結局武将たちの兵権は解かれることになった。

中国歴史上、有名な「杯酒釈兵権」という出来事だ。以来、「白駒過隙」は、時間を無駄にしてはならないことと、短い人生を楽しんで生きることの大切さの意を表すようになった。

【一枕黄粱《イチェンホウンリャン》】

楽しい人生もあるが、幸せな人生は短く儚《はかな》いものだと感じる人も少なからずいる。それを表現するのに、しばしば「一枕黄粱《イチェンホウンリャン》」が使われる。唐《とう》の沈既済《ちんきせい》『枕中記《ちんちゅうき》』に記載された物語から伝わったことわざだ。

――科挙《かきょ》試験のために京城《けいじょう》に向かうある書生がいた。邯鄲《かんたん》という地に通りかかる頃は日が暮れていた。書生は大して金も持っておらず、安くてみすぼらしい旅館に泊まるしかなかった。旅館で不運の自分を嘆いていると、一人の道士が寄って来て、「この枕を使って寝ると、良い夢を見られるぞ」と言い、陶器の枕を寄越したのだった。

まだ夕食の前だが、お腹が空いてグーグー鳴り始めた。厨房を覗けば、旅館の主人が粟《あわ》を鍋に入れてご飯を炊くところだったが、この枕で寝れば、八方ふさがりの自分の今の情況を少しでも忘れられるかもしれないと考え、とりあえず寝ることにした。

果たしてすぐ夢を見始めた。

書生は温かい我が家に帰って、若くて美しい女性を妻にもらい、やがて裕福になり、進士試験にも及第《きゅうだい》する。そして役人になったと思ったら、今度は節度使に昇進し、国を守る戦いでお手柄を得て、なんと宰相《さいしょう》にまで上り詰めた。

妻との間には息子ばかりを五人ももうけ、大きくなると、やはり科挙試験に受かり、いずれも官僚として成功した。一家はついに国一の家族になり、幸せがまるで芋のように、ごろごろ転がりこんでくるのだった。そんな世の栄華《えいが》を楽しむ書生が八十歳になったある日、突然重病に見舞われた。病に苦しまみれ、

死に際でもがいていたら、ようやく夢から覚めた。

寝ぼけながら辺りを見回すと、自分がみすぼらしい旅館にいることがわかった。寝る前に、旅館の主人が炊き始めた粟のご飯は、まだできていなかった。

八十歳までの人生を、事細かくリアルに過ごしたというのに、ほんの一瞬の夢だったなんてとても信じられなかった。

「人生は、所詮《しょせん》夢なんだ」と道士が言う。

人生は所詮夢なのかもしれない。でも夢を見るのも人生の大事な一部分ではないか、と思うのだが……。

おわりに

「古為今用《グウェイジンヨン》」――古代中国の故事を今日にも役立つように活用するという意味だ。これを、『清流』で連載し始めたのは二〇一一年春のこと。第一回の掲載文を校了し、ほっと一息しようとしたそのときに、突然「世界」が激しく揺れ出したのを、今もはっきり覚えている。3・11東日本大震災が起きたのだった。

猛威を振るう津波の映像を見て、己も波に揉《も》まれて砕かれたように錯覚し、これまで味わったことのない絶望感に襲われていた。だがその後日本の全国民が一丸となって復興支援に力を注ぐ姿に感動し、人情や思いやりってこんなにも素晴らしいものだと、日々元気付けられている。

そんな中でも天災による被害のニュースが絶えずに世界のあちこちから伝わってくる。それに、「記録史上最大」だの「百年一度」だのの類《たぐい》の言葉が頻繁《ひんぱん》に使われるようにもなった。決して環境問題を論じたいわけではない。けれども悔しいのだ。壊れた環境の恐ろしさを、知らしめさせられたゆえの悔しさもあるが、故事を読んでいて、先人たちの言葉の端々に光る「自然に順応しよう」の教えに、度々出会ったからだ。

確かに私たち現代人は人類史上最高の文明を享受している。その分支払った「環境」という代価もかつてない「最大」なのではないか。

ページを捲《めく》るごとに漂ってくるかびた匂い。そこに生きる智恵が詰まっており、先人は懇《ねんご》ろなまなざしで私に語りかけていた。――自然の賜物《たまもの》でしかないという人間、いつも自然に挑もうとする姿勢に構えるのは何故だろうか。そんな疑問を残しつつも連載を無事に終えた。

連載中には長沼里香さんに大変お世話になりました。また松原淑子さんと草野恵子さんに力を貸して頂き、連載を本にまとめることができた。感謝、感謝です。

二〇一四年七月

楊 逸

【初出】月刊『清流』二〇一一年五月号〜二〇一四年四月号

楊 逸（ヤン イー）

1964年、中国黒龍江省ハルピン生まれ。87年に来日し、お茶の水女子大学に学ぶ。中国語新聞の記者を経て、中国語講師をしながら小説を書き始める。2007年、日本語で書いた『ワンちゃん』で文學界新人賞受賞、2008年に『時が滲む朝』で第139回芥川賞受賞。日本語以外の言語を母語とする作家として史上初の受賞となった。2009年より関東学院大学客員教授、2012年より日本大学芸術学部文芸学科の非常勤講師に就任。著書に『あなたへの歌』『流転の魔女』『すき・やき』『陽だまり幻想曲』他多数。

中国ことわざばなし

古《グ》為《ウェイ》今《ジン》用《ヨン》

2014年9月3日[初版第1刷発行]

著者　楊 逸
ⓒYi Yang 2014, Printed in Japan
発行者　藤木健太郎

発行所　清流出版株式会社
東京都千代田区神田神保町3-7-1
〒101-0051
電話　03-3288-5405
振替　00130-0-770500
＜編集担当＞松原淑子
http://www.seiryupub.co.jp/

印刷・製本　株式会社シナノ パブリッシング プレス

乱丁・落丁本はお取り替えいたします。
ISBN978-4-86029-420-5